L. Baduel
Zwischen Termini und Tiburtina

L. Baduel

Zwischen Termini und Tiburtina

Roman

Bibliografische Information der Deutschen Nationalbibliothek:
Die Deutsche Nationalbibliothek verzeichnet diese Publikation in der
Deutschen Nationalbibliografie; detaillierte bibliografische Daten sind im
Internet über
< http://dnb.d-nb.de > abrufbar.

Herstellung und Verlag: Books on Demand GmbH, Norderstedt
ISBN: 978-3-8334-8365-3

1 Rebecca saß bereits fünfzehn Minuten vor Abfahrt im Zug am Hauptbahnhof »Termini« in Rom. Die Beleuchtung des Abteils war gedämpft. Rebecca genoss die Ruhe, da sich nur wenige Menschen im Zug befanden. In zehn Minuten würde sich das schlagartig ändern. Der Großteil der Pendler traf immer erst fünf Minuten vor der Abfahrt im Zug ein, und Rebecca gehörte üblicherweise auch zu denen, die im letzten Augenblick eintrafen. Ausnahmsweise hatte sie heute ihr Büro pünktlich verlassen, was in letzter Zeit besonders selten vorkam. Sie saß einfach da, und der Tagesablauf lief wie ein Film ab. War das wieder ein hektischer Tag. Seit ihrer Beförderung ging alles drunter und drüber, da der Arbeitsaufwand und die Verantwortung enorm gewachsen waren. Sie war jüngst zur Direktionsassistentin aufgestiegen und war zuständig und verantwortlich für die Koordination und Betreuung der firmeninternen Projekte. Ein Knochenjob. Eine Handvoll Mitarbeiter nahm ihr die Versetzung ein wenig übel und einzelne wichen ihr gar aus. Doch sie interessierte sich ohnedem nicht besonders für den neuesten Klatsch im Büro, überdies war sie zu ausgefüllt mit ihrem eigenen Leben. Neben ihrer Familie lagen ihr Lorenzo und eine Handvoll Freunde am Herzen, doch die Wechselfälle im Leben anderer hatten noch nie ihr Interesse geweckt. Rebecca wirkte ein wenig abgespannt. Inklusive der Pendelfahrten mit dem Zug hatte sie einen anstrengenden Arbeitstag hinter sich, und das machte sich gegenwärtig bemerkbar. Hinzu kam die Umstellung der Uhren vor zwei Wochen von Sommer- auf Winterzeit. Die früh einfallende Dunkelheit machte ihr immer noch zu schaffen. Früher Abend und schon stockdunkel.

Zu Hause würde sie eine leere Wohnung vorfinden, denn Lorenzo war für eine Woche auf Geschäftsreise. Im Grunde war sie ganz froh darüber, denn sie sehnte sich nach Ruhe. Sie hatte selten schlechte Laune, normalerweise ließ sie sich durch nichts den Tag verderben und war immer diejenige, die ihre Mitmenschen aufheiterte. Doch diesmal war sie froh, dass Lorenzo nicht da war. Zunehmend breitete sich in ihr ein Gefühl der Leere ihm gegenüber aus und schaffte eine Distanz zwischen ihnen, wie sie Rebecca noch nie so klar gespürt hatte, aber sie wollte nicht weiter darüber nachdenken.

Kurz bevor sich der Zug in Bewegung setzte, kamen zwei Männer ins Zugabteil gestürmt. Sie nahmen gegenüber von Rebecca Platz und setzten ihre lebhafte Unterhaltung fort. Rebecca versuchte die Augen zu schließen und ein wenig zu schlafen. Mit einem Ohr hing sie am Gespräch der beiden. Einer der Männer, der, wie Rebecca fand, eine nette Art hatte mit dem anderen zu kommunizieren, sprach darüber, in etwa einem halben Jahr von der elterlichen in eine andere Wohnung zu ziehen. Damit Rebecca nicht einnickte und zu allem Ärger die Haltestelle verpasste, öffnete sie die Augen. Bis Tiburtina, wo sie aussteigen musste, war es nicht mehr weit. Frederik, der gegenüber von ihr saß, beobachtete das Geschehen und wurde auf sie aufmerksam: »Bei diesem Lärm können Sie wohl nicht schlafen!« Rebecca schaute in zwei sie sanft und vertrauensvoll anblickende Augen. Diese Augen faszinierten sie und seine Stimme war Musik in ihren Ohren. Sie entgegnete, dass sie bald aussteigen müsste und daher ihre Augen geöffnet hatte. An der Haltestelle angekommen, verabschiedete sie sich höflich, stieg aus und machte sich mit ihrem Auto auf den Heimweg.

In ihrem Appartement angekommen, ging sie ins Bad, um sich frisch zu machen. Sie schaute in den Spiegel. Strähnen ihres dunkelblonden langen Haares hingen ihr ins Gesicht. Sie dachte nie viel darüber nach, wie sie gerade aussah, aber das musste sie glücklicherweise auch nicht. Sie wirkte immer frisch, hatte schöne Gesichtszüge, und die leger hochgesteckten Haare standen ihr ausgezeichnet. Ihre helle Haut ließ sie edel erscheinen, und ihre Alltagskleidung aus Bluse und Hosenanzug unterstrich ihre frauliche, wohlgeformte Figur. Doch heute fand sie sich abscheulich.

Das plötzlich auftretende Hungergefühl veranlasste sie, sich was zu Essen zuzubereiten. Mit dem Teller in der Hand setzte sie sich auf eins der beiden Sofas und zog die Beine hoch.

Einen Augenblick lang dachte sie wieder an den Mann, der sie im Zug angesprochen hatte. Dieser unschuldige Blick ließ sie nicht los. Ihr ging vieles durch den Kopf, auch dass er noch sehr jung sein musste. Optisch und auch was die sprachliche Ausdrucksweise betraf. Vielleicht jünger als sie. Eventuell ein bis zwei Jahre. Ihn umgab eine geheimnisvolle Aura, die Rebecca neugierig machte und sie wollte ihn besser kennen lernen. Sie lächelte. Als ob es ohne weiteres möglich wäre, in Rom einfach so jemanden wieder zu treffen. Sie lächelte immer noch über ihre Illusion und verbannte den Gedanken jedoch sofort in den Bereich der Wunder. Und diese geschahen eben sehr selten. Doch etwas an ihn zog sie an, und die Art, wie er mit seinem Begleiter sprach, diese Sanftheit und Wärme berührten sie. Er war groß und schlank, hatte ein jungenhaftes Gesicht, dunkelblondes, kurzes Haar und braune Augen. Er trug eine Jeanshose und einen dunklen Norwegerpullover. Darüber eine schwarze Winterjacke.

Sie ahnte zu diesem Zeitpunkt noch nicht, dass diese Begegnung sie an ihre Grenzen bringen und ihr Leben aus den Fugen reißen würde. Es sollte nichts mehr so sein wie bisher.

Rebecca legte sich für eine Weile auf ihr Bett. Schließlich stand sie wieder auf und holte sich ein Buch, stellte aber fest, dass sie sich nicht darauf konzentrieren konnte. Ständig schossen ihr dieselben Fragen durch den Kopf, eine drängender als die andere. Trotz des spannenden Buches. Üblicherweise konnte sie ein Buch, das sie begonnen hatte, nicht mehr weglegen, bis sie es ausgelesen hatte. So mussten in der Vergangenheit viele Nächte daran glauben. Doch ihre Gedanken schweiften immer wieder ab. Sie konnte sich nicht richtig konzentrieren, so sehr sie sich auch bemühte. Sie musste auch an Lorenzo denken. Er war ein attraktiver Typ. Alles andere als unscheinbar. Wenn Rebecca mit ihm durch die Straßen ging, schauten diesem Südländer viele Frauenaugen nach. Er hatte dunkles, kurzes Haar, dunkle Augen und einen großen, durchtrainierten Körper. Rebecca wusste, dass sie von vielen um ihn beneidet wurde. Doch Äußerlichkeiten waren es nicht, was Rebecca an einem Mann faszinierend fand. Ein Mann musste durch seine Art bezaubern, neugierig machen, sie war nicht so sehr auf ein makelloses Äußeres konzentriert. Lorenzo war perfekt, was sein Aussehen betraf. Er hätte Fotomodell werden können. Doch er hatte sich für eine Managerkarriere entschieden, in welcher er nicht minder erfolgreich war. Und seine sichtbare Attraktivität war ihm dabei ganz sicher nicht im Weg.

Das Liebesleben zwischen Rebecca und Lorenzo war nicht mehr wie früher, aber gelegentlich unternahmen sie den Versuch, es wieder zu beleben. Doch die Leidenschaft, die sie sich wünschte und welche am Anfang zwischen ihnen bestand, wollte sich nicht mehr einstellen. So sah ihr gemeinsames Leben jetzt nun mal aus und ihre Beziehung war dabei, im Alltagstrott zu ersticken. Wenn Rebecca ehrlich war, existierte ihre Liaison nur noch, weil sie diese vor Jahren eingegangen waren und weil keiner den Mut hatte, das Unausweichliche und Überfällige zu tun. So lebten sie schon eine ganze Weile nebeneinanderher. In letzter Zeit vermied Rebecca es so allmählich Lorenzo zu berühren. So gut es eben ging. Sie fragte sich immer öfter, was Liebe eigentlich sein sollte und ob sie Lorenzo wirklich noch liebte; die Frage allein sollte eigentlich die Antwort beinhalten. Rebecca ahnte, wenn sie danach fragte, ob sie ihn noch liebte, war die Liebe schon meilenweit entfernt. Sie schlief erschöpft ein.

Am nächsten Morgen wurde Rebecca durch die einfallenden warmen Sonnenstrahlen geweckt, die sie, da es Mitte November war, erstaunten. In Rom war es trotz der Jahreszeit immer noch mild. Sie duschte, zog sich an, frühstückte und verließ das Appartement. So stieg sie wieder in den Zug, zwar in die entgegengesetzte Richtung, und ihr stockte der Atem, denn es geschah etwas völlig Unglaubliches: Der junge Mann von gestern saß im Zug. Er, der ihr trotz großer Müdigkeit eine unruhige Nacht beschert hatte. Sie musste ihn wie einen Geist angestarrt haben, so überrascht war sie. Rebecca ging auf ihn zu und setzte sich nieder. Er schien freudig überrascht zu sein. »Ich hätte nicht gedacht, dass wir uns so bald wiedersehen würden. Dass wir uns überhaupt wiedersehen würden«, sagte Rebecca und warf ihm einen durchdringenden Blick zu. Ihr stieg eine leichte Röte ins Gesicht. »Ich habe es schon immer gesagt: Die Welt ist klein«, entgegnete er mit einem Schmunzeln im Gesicht. Bald würden sie wieder aussteigen müssen, da der Hauptbahnhof »Roma Termini« immer näher rückte. Doch Rebecca war beruhigt. Nun wusste sie, dass auch er zu den Pendlern gehörte. Die Möglichkeit, dass sie sich auch in Zukunft wieder begegnen könnten, war gegeben. Im Bahnhof angekommen, verabschiedeten sie sich mit einem Lächeln.

Rebecca ertappte sich dabei, dass sie ab nun bewusst häufiger denselben Zug nahm, in der Hoffnung Frederik wieder zu sehen. Sie interessierte sich immer mehr für ihn. Irgendetwas in ihrem Inneren, was sie sich nicht erklären konnte, trieb sie dazu. Sie sah ihn in den nächsten Wochen einige Male im Zug und sie sprachen über Alltägliches. Aus den gemeinsamen Unterhaltungen entnahm sie, dass er Frederik hieß. Er hatte deutsche Wurzeln, sein Vater war deutscher Staatsbürger und hatte sich für diesen Namen und nicht für das italienische Federico entschieden. Rebecca fand, dass der Name Frederik gut zu ihm passte.

2 Es brach ein strahlender, sonniger Januartag an. Eine leichte Brise bewegte die Vorhänge vor Rebeccas offenem Schlafzimmerfenster. Sie streckte sich, stand auf und warf einen Blick hinaus. Die Luft roch schon nach Frühling, die Erde war zwar noch feucht, an den Bäumen kamen die ersten Blüten zum Vorschein, das Licht, das hindurchfiel, brach sich in verschiedene helle Farben. Rebecca war froh, dass der Winter bald zu Ende war. Sie hatte bereits geduscht und sich angekleidet. Sie trug eine himmelblaue Bluse, einen dunkelblauen Hosenanzug und dunkelblaue, dazupassende Schuhe.

Rebecca fuhr mit ihrem Wagen zum Bahnhof und stieg in den Zug. Sie saß bereits zehn Minuten im Zug und es deutete nichts darauf hin, dass er bald abfahren würde. Ein Schaffner kam in das Abteil und teilte mit, dass der Zug ein technisches Problem hätte und er nicht sagen könnte, wann und ob es weitergehen würde. Die Lok wäre kaputt. Rebecca war im Begriff auszusteigen, um im Auto zur Arbeit zu fahren. »Kannst du mich bitte mitnehmen?«, fragte Frederik mit aufgeregter Stimme. Er kam von hinten auf sie zugestürmt. »Ich habe einen sehr wichtigen Termin, den ich auf keinen Fall verpassen darf. Sonst komme ich in echte Schwierigkeiten.« Rebeccas Zeit schien gekommen. »Selbstverständlich, sehr gerne«, entgegnete sie zufrieden. Sie verspürte einen Adrenalinstoß, endlich konnte sie sich allein mit ihm unterhalten. Bisher im Zug war er nie allein, denn irgendjemand, den er kannte, war immer mit von der Partie. Rebecca fuhr in die Innenstadt Roms, und sie unterhielten sich hauptsächlich über seine Arbeit. Er war bei der italienischen Staatspolizei beschäftigt, wo er neben einigen wenigen bürokratischen Aufgaben vorwiegend im operativen Bereich tätig war.

Ihre Blicke trafen sich für einen Moment. Sie sah etwas in seinen Augen, das sie nicht einordnen konnte. Vielleicht Achtung ... Erwartung ... Harmonie ... Mit einem Mal spürte sie, wie eine Art elektrischer Strom durch ihre Blutgefäße sauste, dann war der Moment vorüber. Nachdem sie ihn abgesetzt hatte, sagte er, sich in Form eines Abendessens revanchieren zu wollen. Dies sei sein Charakter, tat er bestimmt kund. Er lächelte Rebecca an, dankte ihr abermals nachhaltig für die Mitfahrgelegenheit, als ob sie ihm das Leben gerettet hätte und stieg aus. Sie verabschiedeten sich.

Rebecca wusste nicht, woran sie denken sollte. Sie war so durcheinander. Sie war sicher, dass in seiner Persönlichkeit noch viel mehr steckte als das, was sie an diesem Tag gesehen hatte. Diese gemeinsame Autofahrt beschäftigte Rebecca noch den ganzen Tag. Sie hatte das Gefühl, dass sie innerhalb kürzester Zeit Freundschaft geschlossen hatten. Sie lächelte in sich hinein.

Als sie zu Hause ankam, ging sie ins Badezimmer und stellte sich unter die Dusche. Sie dachte kurz darüber nach, was gewesen wäre, wenn die Zugfahrt ohne Zwischenfall verlaufen wäre. Sie war im Begriff in Gedanken den italienischen Staatsbahnen zu danken. Das hätte sie nie gedacht, so oft hatte sie sich über diverse Verspätungen ärgern müssen. Doch diesmal war alles anders. Ganz anders. Während das warme Wasser an ihrem Körper herablief, breitete sich ein strahlendes Lächeln in ihrem Gesicht aus. Sie hatte es geschafft! Der erste Schritt war getan.

3 Einen Monat später lud Frederik Rebecca zu dem versprochenen Abendessen ein. Sie trafen sich auf einem Parkplatz in Tiburtina und legten gemeinsam in seinem Auto noch das letzte Stück des Weges zurück. Zehn Minuten darauf betraten sie das Restaurant und ließen sich zum reservierten Tisch führen. Das Lokal war behaglich, klein und immer sehr gut besucht, auch Anfang der Woche. Es war über die Grenzen Roms hinaus bekannt für sein ausgezeichnetes Essen und seine gemütliche, romantische Atmosphäre. Genau die richtige Umgebung, um Frederik besser kennen zu lernen, um ihn überhaupt ein wenig kennen zu lernen. Sie wusste fast gar nichts von ihm, abgesehen von seinem Namen und seinem Beruf. Sie hatten sich bisher vielleicht ein halbes Dutzend Mal im Zug gesehen.

Der Kellner trat heran und reichte ihnen die Speisekarte. Rebecca blickte Frederik über die Karte hinweg an und fühlte sich beobachtet. Bei so vielen exquisiten Gerichten fiel es ihr sichtlich schwer sich zu entscheiden. Frederik warf Rebecca einen fragenden Blick zu. »Hast du schon gewählt?«, fragte er sie und legte die Karte nieder. »Gar nicht so einfach bei dieser großen Auswahl.« »Mir geht es genauso. Dieses Restaurant ist wirklich sehr einladend.« Rebecca folgte sensitiv all seinen Bewegungen. Sie sog ihn in sich auf. Sie entschieden sich beide für ein raffiniertes Pilzgericht und eine Flasche Wein. Der Ober trat heran, präsentierte Rebecca eine Flasche des gewählten Rotweines, den sie ausgesucht hatte, und schenkte ihr einen Schluck ein. Rebecca kostete sorgfältig und nickte dann zustimmend. Sie war eine exzellente Weinkennerin. Das hatte damit zu tun, dass sie schon öfter Seminare und Verkostungen besucht hatte, um ihren Horizont zu erweitern. Sie liebte besonders dunkle, in Eichenfässern gereifte Rebsorten, welche ein nach Veilchen duftendes Aroma haben und voll, samtig und leicht herb sind.

Der Abend verlief wunderbar, sie lachten und amüsierten sich, sprachen über Gott und die Welt. Rebecca erzählte von ihrer freudlosen und bekümmerten Beziehungssituation mit Lorenzo. Damit tastete sie sich vorsichtig heran, um etwas über seinen Familienstand zu erfahren, ob er liiert war, wartete auf eine Reaktion, aber er verstand offensichtlich die Botschaft nicht. Er ging überhaupt nicht darauf ein. Plötzlich fand Rebecca den Gedanken faszinierend, die Tür zu seinem Herzen zu öffnen, nur einen Spalt breit, um zu erfahren, ob er so fühlte wie sie. In der vergangenen Stunde war diese Frage für sie in den Brennpunkt gerückt. Rebecca wusste, dass die Sinne die Tore sind, durch die Frederik zu ihr kam. Je offener ihre Sinne waren, umso lebendiger fühlte sie sich. Sie fühlte sich wie eine Knospe, die dabei war, nach einem langen Winter aufzuspringen und sich in aller Schönheit zu entfalten. In der Zwischenzeit war es schon spät geworden. Wohlgelaunt verließen sie das Restaurant und machten sich auf den Heimweg.

Als Rebecca im Begriff war aus Frederiks Auto auszusteigen, neigte er sich ihr spontan und überraschend zu und küsste sie sanft auf die Lippen. Darauf war sie nicht gefasst. Rebecca öffnete ihren Mund und ihre Zunge fand seine und sie spielten miteinander. Frederik begann eifrig Rebeccas Bluse aufzuknöpfen, um ihre vollen Brüste zu berühren und zu küssen. Er stöhnte vor Erregung leise auf. Dann arbeitete er sich mit seinem Mund wieder nach oben. Sie umarmten sich und blieben eine Weile so. Frederik schaute auf die Anzeige im Auto und sagte: »Ich glaube, es wird Zeit für uns nach Hause zu gehen. Rebecca, herzlichen Dank für den schönen Abend.« »Danke dir und komm gut nach Hause«, verabschiedete sich Rebecca.

Rebecca fühlte sich selig, als sie mit ihrem Auto nach Hause fuhr. Sie spürte die vielen Schmetterlinge, die da angeflogen kamen und sich in ihrem Bauch bemerkbar machten. Und auch für kurze Zeit ein ganz neues Glücksgefühl. Sie konnte nicht schlafen und entschied sich trotz der späten Stunde ein Bad einzulassen. Während sie sich in der Wanne aalte, kreisten ihre Gedanken wieder um Frederik. Sie fragte sich, ob er vorhin im Auto vorhatte, mit ihr zu schlafen. Sie fand darauf keine Antwort. Sie hoffte inständig ihn wieder zu sehen. Lorenzo hatte sich mit Freunden verabredet und war noch nicht zu Hause.

4 Erst Tage später sahen sie sich wieder. Rebecca wusste bis jetzt noch keine Telefonnummer, keine Adresse, rein gar nichts von ihm. Nur seinen Namen und sein Geburtsdatum und dass er bei der italienischen Staatspolizei beschäftigt war. Und dass seine Küsse hervorragend schmeckten. Doch er äußerste nicht den Wunsch, sich wieder mit ihr zu treffen. Drei Wochen später nahm Rebecca allen Mut zusammen und lud ihn in ein Abendlokal ein. Er sagte lächelnd zu. Seine außergewöhnliche Sanftheit prägte sich mit diesem Lächeln weiter unauslöschlich in Rebeccas Bewusstsein ein. Sie verabredeten sich wieder am selben Parkplatz in Tiburtina. Er hatte das Auto seines Vaters geborgt, der aus Deutschland auf Besuch war. Frederiks Eltern hatten sich schon lange räumlich getrennt, wie er zu sagen pflegte. Nach der Trennung von seiner Mutter war Frederiks Vater wieder in seine Geburtsstadt Frankfurt gezogen.

Rebecca stieg in das Auto und sie fuhren gutgelaunt in einen Pub außerhalb von Rom. Frederik strahlte so viel Wohlwollen, Sanftheit und Freundlichkeit aus, dass Rebecca ihn einfach sympathisch finden musste. Mit den Geschichten, die er auf schelmische Art über sich selbst erzählte, brachte er sie mehr als einmal zum Lachen. Doch egal, worüber sie sprachen, früher oder später schwiegen sie und sahen sich einfach nur an. Die Zeit schien stillzustehen, und im Kerzenlicht erwachte langsam Rebeccas körperliches Verlangen nach ihm, das schon lange geschlummert hatte.

Bei der Nachhausefahrt im Auto wagte sie es nicht, ihren Kopf zu ihm zu drehen, um ihn anzusehen. Doch es fielen zum ersten Mal die Schranken, als ob sich ihre Körper schon immer gesucht hätten, und sie tasteten sich in Erregung voran, als ob sie aufeinander gewartet hätten, um sich zu lieben und sich ineinander aufzulösen. Rebecca erlebte einen jener Momente des Lebens, wie sie einem nur ganz selten widerfahren. Die fortgeschrittene Zeit war es, die beide wieder auf den Boden der Realität zurückbrachte. Sie tasteten nach ihren im Auto herumliegenden Kleidern. Schließlich hatten sie wieder ihre Sachen angezogen – und verabschiedeten sich.

Die letzten Meter nach Hause vernahm Rebecca einen Duft, der die intensive Frische von Bergamotte mit Jasmin und Patschuli verband. Der Duft erinnerte sie an eine starke Brise vom Meer, die harmonisch von Wasser, Blume und Frucht abgerundet wurde: Sie roch ihn noch immer. Es ging ihr so gut, dass sie ihren Körper nicht mehr spürte. Im Appartement angekommen, schlich sie mit einem Glas Rotwein auf die großzügige Terrasse, um Lorenzo nicht zu wecken, der sich bereits im Tiefschlaf befand. Sie genoss in völliger Versunkenheit die vielen Lichter Roms. Sie hatte Frederik als einen sehr einfühlsamen und warmherzigen Mann kennen gelernt, und sie wusste, dass sie niemals den Abend vergessen würde, den sie gerade mit ihm verbracht hatte.

5 Eine Woche später trafen sich Rebecca und Frederik wieder im Zug. Sie verabredeten sich in den nächsten Tagen eine Pizza essen zu gehen. Rebecca kannte eine familiär geführte Pizzeria mit original römischer Atmosphäre, welche sie Frederik nicht vorenthalten wollte. Ein wirklicher Geheimtipp. Aufgrund von berufsbedingten Terminen mussten beide diese Verabredung immer wieder verschieben. Doch nun war es soweit. Rebecca hatte das Gefühl, als sehe sie die Welt wieder mit den Augen eines Kindes. Ihre Augen strahlten vor freudiger Erwartung.

Beim Pizzaessen kamen sie auf Themen zu sprechen, wie an Werte, an die sie glaubten und an ihre Kindheit. Rebecca hatte einfach das Gefühl, dass sie beide wirklich miteinander reden konnten.

Frederik erzählte ihr ausführlich von seinem Vater und dessen Arbeit in Deutschland, davon dass er seine Mutter und seine beiden Brüder in Stich gelassen hatte und zu einer anderen Frau gezogen war. Rebecca verstand zwischen den Zeilen, dass Frederik seinem Vater gegenüber ein zwiespältiges Verhältnis hatte. Sie konnte ihn verstehen. Die Rolle, die sein Vater gespielt hatte oder die er nicht gespielt hatte, da er ja meistens nicht da gewesen war, würde wichtig sein in Bezug auf sein weiteres Leben. Die ständige Abwesenheit seines Vaters und die Tatsache, dass sie niemals eine richtige Familie hatten sein können, weil er ständig im Ausland gewesen war, würde Frederik sein zukünftiges Familienleben umso wichtiger erscheinen lassen. Rebecca gefiel seine Offenheit. Plötzlich kam er ihr irgendwie verletzlich vor. Sie spürte seine Verletzlichkeit in der Art und Weise, wie er mit ihr sprach, in seinen Gefühlen für seinen Vater, der nie da gewesen war und seiner Mutter, die mit drei Kindern allein zurückgelassen worden war. Ihr Blick fiel auf Frederik. Er wirkte leicht abwesend, als dächte er über etwas nach, das mit dem Gespräch nichts zu tun hätte.

Auf dem Rückweg zu ihrem Wagen hatte Rebecca ein Gefühl, was sie nicht ganz einordnen konnte, als ob Frederik sich ihr im Gegensatz zur Vergangenheit in bestimmten Situationen nicht ganz öffnete, nicht ganz öffnen konnte. Als ob er ein streng gehütetes Geheimnis hätte. Einerseits spürte Rebecca, dass er erfüllt war von einer überwältigenden Leidenschaft für sie, andererseits bemerkte sie, dass er versuchte seinen Verstand zu manipulieren, ihn zu etwas zu zwingen, was er in seinem tiefsten Herzen eigentlich nicht wollte. Sie empfand, als wollte er sich ihr ganz hingeben, aber irgendetwas hielt ihn zurück. Sie hatte ein komisches Gefühl in der Magengegend. Ihr Gefühl sollte sie nicht täuschen. Sie sollte Recht behalten. Bei Rebeccas Wagen angekommen, küssten sie sich leidenschaftlich, zogen sich gegenseitig aus und schliefen miteinander.

Während Rebecca die Tür zum Appartement aufsperrte, stellte sie plötzlich fest, wie erschöpft sie war. Die arbeitsreichen Tage der letzten Wochen forderten ihren Tribut. Es gelang ihr gerade noch, sich auszuziehen und sich ins Bett zu legen – kaum war ihr Kopf auf das Kissen gesunken, schlief sie auch schon ein.

6 Tage später sah Rebecca Frederik wieder. Ihr war aufgefallen, dass er seit dem Abend beim Pizzaessen ungewöhnlich zurückhaltend war. Im Gespräch tastete sie sich vorsichtig nach vorne und er gab ihr zu verstehen, dass er ihr etwas erklären müsse. Sie verabredeten sich für später und wählten dafür eine Bar im Zentrum.

Rebecca kam sich vor, als würde sie an einer Glaswand hochklettern und immer wieder abrutschen. Sie war unruhig und der Arbeitsalltag schien nicht enden zu wollen. Sie musste sich eingestehen, dass es ihr irgendwie an Inspiration mangelte, sie konnte sich einfach nicht konzentrieren. Die gesamte Zeit lang hing sie ungestört ihren eigenen Gedanken nach. Endlich war Feierabend.

Auf dem Weg in die Bar war Rebecca sichtlich nervös. Ihre Nervosität legte sich ein wenig, als sie Frederik erblickte.

Das Gespräch begann mit den üblichen Banalitäten, bis es aus ihm herausbrach: »Ich habe eine feste Freundin.« Rebeccas Frage wie lange denn schon, beantwortete Frederik: »Seit sieben Jahren.« »Habt ihr schon Hochzeitspläne geschmiedet?« »Nein, bis jetzt noch nicht«, vertraute ihr Frederik mit gedämpfter Stimme an. Rebeccas Augen verrieten Frederik, dass sie völlige Offenheit erwartete. Rebecca war im ersten Moment so erschrocken, dass sie förmlich den Atem anhielt und glaubte, dass ihr Herz stillstand. Sie war so konfus, dass sie nicht mehr wusste, wo vorne und hinten war. Sie kämpfte mit sich; mit aller Kraft gelang es ihr zu entgegnen, warum er ihr das nicht schon früher gesagt hatte. Er hätte oft dazu die Gelegenheit gehabt. Frederik schüttelte den Kopf und schwieg. In Rebecca lief die Vergangenheit, die Zeit mit Frederik, wie ein Film ab. Sie konnte nicht glauben, was sie da hörte. Sie wusste nicht mehr, was sie denken sollte. Auch sie schwieg. Kollektives Schweigen.

Kurze Zeit später winkte Frederik den Kellner heran. Er wollte bezahlen. Rebecca war immer noch sprachlos. Er bezahlte, sie standen auf und verließen gemeinsam das Lokal. Frederik verabschiedete sich mit einem flüchtigen Kuss ohne viel Gefühl auf Rebeccas Wange. Ihre Augen blitzten vor Zorn. Rebecca fühlte sich schlichtweg im Regen stehen gelassen und war den Tränen nahe. Diese Wahrheit lag ihr schwer im Magen. Damit hatte sie nicht gerechnet. Sie wusste, dass sie gegen eine Vergangenheit von sieben Jahren nicht ankommen würde. Das wollte sie auch nicht. Aber sie wusste nicht, ob und wie das jetzt weitergehen würde. Sie war ratlos. Seine Worte klangen ihr noch im Ohr ... Freundin ... feste Freundin ... seit sieben Jahren ..., die er nicht verlieren wollte. Das war ihm wichtiger, als ein Risiko einzugehen. Rebecca empfand, dass Frederik ihr eine Antwort schuldig geblieben war. Sie wollte eine Antwort auf ihre Frage, warum er so lange geschwiegen hatte. Sie wollte wissen, ob er mit ihr gespielt hatte, ob sie eine willkommene Abwechslung für ihn gewesen war. Ihre Hartnäckigkeit erstaunte sie selbst. Doch sie konnte nicht anders. Dann wäre sie bereit, die Tatsache zu akzeptieren, ad acta zu legen. Was blieb ihr schon anderes übrig? Rebecca nahm an, dass Frederik stark in seiner Partnerschaft verflochten sein musste, und es schwer wäre, diesem Beziehungsgeflecht zu entfliehen. Sie hatte nicht vor, Tricks aus ihrer Privatpsychologie herauszukramen, wie sie in den meisten Frauenmagazinen und Hochglanzblättern beschrieben waren, sie dann einzusetzen und damit um ihn zu kämpfen. Diese Tricks haben zwar oft den gewünschten Erfolg, damit die Realität so wird, wie man sie gerne hätte. Rebecca war fest davon überzeugt, dass psychologische Tricks in ihrer Wirkung meist nur von kurzer Dauer waren. Solche Methoden waren ihrem Wesen fremd.

Trotzdem fühlte sie sich, als hätte ihr Frederik eine knallende Ohrfeige gegeben. Seine Worte entsetzten sie immer noch. Er konnte sich doch nicht so einfach davonschleichen, als ob nichts gewesen wäre. Ein Knall und aus. So wie eine Seifenblase, die zerplatzt war. Nein. Das fand sie nicht fair. Das hatte sie nicht verdient. Eine Erklärung war er ihr schuldig geblieben. Dessen war sich Rebecca ganz sicher. Warum hatte er nicht von Anfang an mit offenen Karten gespielt? Warum nicht? Eine Antwort auf diese Frage war genau das, was sie wollte. Sie kam sich vor, als wäre ihr sämtliche Energie entzogen worden. Dies war die Frage, auf die sie selbst keine Antwort fand und die ihr schlaflose Nächte bereitete. Aber was erwartete sie eigentlich? Die Tatsache, dass er ihr so lange verschwiegen hatte, dass er eine Freundin hatte, machte sie wirklich traurig ... Frederik hatte es tatsächlich geschafft, sie aus der Fassung zu bringen und ihre Gefühle zu verletzen. Ihr Geist war betäubt, wie tot, und es war nur eine Frage der Zeit, bis ihr

Fleisch und Blut folgen würden. Es war, als hätte Frederik mit seinen Worten alles Herzblut aus ihr herausgesaugt. Als hätte er ihr die Luft genommen. Alles, was sie tat, kostete sie beruflich und privat außerordentliche Tatkraft.

7 Fortan sah Rebecca Frederik nicht mehr im Zug. Er war wie vom Erdboden verschluckt. War ihm was zugestoßen? Hatte er einen Unfall und befand sich im Krankenhaus? Oder handelte es sich vielleicht um eine heimtückische Infektion oder Grippe? Oder gab es eine andere banale Erklärung? Rebecca fühlte eine tiefe Unruhe, sie musste wissen, was los war. Sie benötigte ein Lebenszeichen von Frederik, um wieder ruhig schlafen zu können. Daher entschied sie, ihm einige Zeilen zu schreiben. Sie hatte zwar keine Adresse von ihm, aber diese würde sie sich als Organisationstalent schon besorgen. Organisieren war eben ihr Beruf und darin war sie gut. Wirklich gut. Sie brauchte eine Erklärung, egal welche. Sie setzte sich mit dem Vorwand, dass sie Frederik dringend Arbeitsunterlagen zukommen lassen müsse, mit dem Meldeamt der Gemeinde Rom in Verbindung. Sie log, die Adresse verlegt zu haben, hatte aber Frederiks Namen und sein Geburtsdatum. Mit Geburtsdatum und vollständigem Namen war es überhaupt kein Aufhebens an die Straßenbezeichnung und -nummer zu gelangen. Die Gemeindebedienstete gab ihr freundlich Auskunft. Rebecca hatte im Vorfeld Angst, dass sie aufgrund des verstärkten Datenschutzgesetzes keine Auskunft erhalten würde. Gott sei Dank war dem nicht so. Rebecca wollte nicht nur Klarheit, sie wollte ihm auch sagen, was sie für ihn empfand, und schrieb folgende Zeilen auf grünes Papier, welches zart mit Sonnenblumen gespickt war:

»Lieber Frederik,

Du wirst Dich wundern, warum ich Dir ganz spontan einige Zeilen schreibe. Entschuldige bitte, dass ich Dir in einer so unpersönlichen Form mit dem Computer schreibe. Das, was ich Dir zu sagen habe, hingegen ist sehr persönlich und kommt aus meinem tiefsten Inneren.

Ich habe das Gefühl, dass Du mir aus dem Weg gehst. Ich erwarte mir von Dir keine Rechtfertigung, denn wenn du meine Anwesenheit als störend, unpassend oder lästig empfindest, ist es Dein gutes Recht mir einfach auszustellen. Da ich Dich sehr gerne habe und mir Dein Wohl mehr als alles andere am Herzen liegt, respektiere ich Deine Entscheidung. Ich kann nicht etwas Wollen, was Du nicht willst: Dies wäre eine Frechheit und Unsensibilität meinerseits – Dir gegenüber.

Für die Beziehung zu Deiner Freundin wünsche ich Dir aus tiefstem

Herzen in Zukunft viel Glück, Freude, Kraft, Verständnis und Liebe. Du verdienst es mehr als jeder andere.

Versprich mir aber bitte eines: Solltest Du einmal in die Situation kommen, dass es Dir nicht so gut wie heute geht oder Du Dir nur einfach jemanden zum Reden wünschst, dann werde ich für Dich da sein, heute, morgen, in einem Monat, in einem Jahr ... ich werde Dir zuhören, egal was geschieht. Angenommen?

Mein letztes Anliegen gilt Dir zu danken. Vielen herzlichen Dank für Deine lieben Worte, für Dein Vertrauen, Deinen Witz und Deinen Humor, aber vor allem danke ich Dir für die Zeit, die Du mir geschenkt hast und für Deine Sensibilität, die Dich erst einmalig macht, Du warst und bleibst eine große Bereicherung für mein Leben ...«

Nun hieß es warten. Die Zeit schien stillzustehen, die Tage schlichen nur so dahin. Sie hörte nichts von ihm. Totenstille. Sie empfand, als wäre er blind und taub für ihre Gefühle. Vielleicht wollte sie mit diesem Brief noch alles kippen; ihn zur Umkehr bewegen. Ihn dazu bewegen, sich doch für sie zu entscheiden. Vielleicht.

Rebecca fragte sich, wie lange es Frederik gelingen konnte, seine Freundin in Ahnungslosigkeit zu wiegen. Sie musste doch Veränderungen an ihm bemerkt haben, sie musste doch etwas Geheimnisvolles an ihm spüren. Oder hatte sie die Routine und der Alltagstrott stumpf gemacht? Sie fragte sich immer wieder, ob seine Lebensgefährtin den Grauschleier bemerkt hatte. Ob sie bemerkt hatte, dass Frederik sich verändert hatte, dass ein Teil seiner Energie weg war und nur noch mit großer Anstrengung ein sexueller Kontakt aufrechterhalten werden konnte. Frauen merkten so was grundsätzlich. Doch Rebecca glaubte nicht ernsthaft daran. Es war nur so eine Gedankenspielerei.

Rebecca begriff immer noch nicht, was in sie gefahren war und warum sie die Kontrolle über jegliche Vernunft verloren hatte. Seine Beziehungslage war doch eindeutig. Warum konnte sie trotzdem nicht von ihm lassen? Verlobt ist grundsätzlich nicht verheiratet, im katholischen Rom nebst Vatikan für den Großteil der Menschen vielleicht doch. Selbst Rebecca war von ihren Eltern streng römisch-katholisch erzogen worden. Beim gemeinsamen Mittagstisch im Kreise ihrer Familie durfte das Gebet auf keinen Fall fehlen und auf den sonntäglichen Kirchgang wurde großer

Wert gelegt. Nach der Pubertät hatte Rebecca so allmählich erkannt, dass dies nicht ihre Welt war. Sie war ihren Eltern nicht böse, dass ihnen die Religion so wichtig war und rigide danach gelebt werden musste, um ein guter Mensch zu sein. Ihre Eltern hatten es schlichtweg selbst nicht anders erfahren. Dies wurde so von Generation zu Generation vorgelebt und damit weitergegeben. Rebecca konnte nicht von ihren Eltern erwarten, dass diese aus dem gesellschaftlichen Leben ausgeschlossen wurden. Das passierte nämlich, wenn man offiziell mit der Kirche brach, damit war man gebrandmarkt. Rebecca hatte gefühlsmäßig mit der Kirche gebrochen, da diese, wie sie fand, nur mit erhobenem Zeigefinger agierte. Sie empfand die Amtskirche als menschenfeindlich und nicht als menschenfreundlich, nicht nur was die Homosexualität oder ein so genanntes Leben in wilder Ehe betraf. Sie fand es zwar gut, wenn sich die Kirche sozial engagierte, aber für die Seele des Menschen tat sie nichts. Im Gegenteil! Rebecca stellte immer wieder fest, dass diese nur darauf wartete, dass jemand eines der zehn Gebote verletzte, um dann verbal auszuteilen und zu verurteilen. Rebecca hatte mit Ausnahmen von Trauergottesdiensten schon lange keinen Gottesdienst mehr besucht. An Trauergottesdiensten nahm sie teil, um von geliebten Menschen Abschied zu nehmen. Das würde auch in Zukunft so bleiben. Rebecca hatte manchmal das Gefühl, dass ihre Eltern zwanghaft an Gott und an die Kirche glaubten, um nicht im Leben oder im Leben nach dem Tod bestraft zu werden. Rebecca erinnerte sich daran, als sie noch klein gewesen war, hatte ihre Familie immer Urlaub in den Bergen Norditaliens gemacht. Dort hatte sie es genossen, barfuss über die Wiesen zu laufen. Sie erinnerte sich an diese Kindheitserlebnisse, in welchen sie die Signale der Schöpfung in sich aufgenommen hatte. Die Luft war nicht zu kühl und nicht zu warm gewesen, sie hatte etwas Samtiges gehabt. Jeden Morgen hatte über den Wiesen ein leichter Nebel gelegen, und das Gras war voller Tautropfen gewesen, die in der Sonne geglänzt hatten. In diesen Momenten hatte Rebecca die Urkraft der Natur gefühlt und gespürt, dass jenseits der Amtskirche noch etwas Größeres existieren musste.

Diese Gedanken hatten sie nun zeitweise von Frederik entfernt.

Nur zeitweise. Sie fragte sich, ob sie sich, was Frederik betraf, dermaßen in ihrer Wahrnehmung getäuscht haben sollte.

Täglich wartete Rebecca auf eine Antwort. Nichts geschah. Rebecca überfiel ein Weinkrampf, die Welt schien einzustürzen. Sie begehrte ihn bis zum Wahnsinn. Doch langsam begann sie sich mit der traurigen Tatsache abzufinden, dass ihr Brief vergeblich gewesen war. Sie ärgerte sich darüber, dass sie zuließ, dass die Gedanken an die Vergangenheit und die Hoffnung an die Zukunft ihr die Gegenwart raubten. Trotzdem bewegte sich Rebecca in den folgenden Tagen durch ihren Alltag wie ein Roboter.

8 Seit sich Frederik aus Rebeccas Leben zurückgezogen hatte, waren die Tage für sie endlos. Es war ein Monat vergangen, dieser gehörte mitunter zu dem längsten ihres Lebens, und von Frederik hatte sie noch immer nichts gehört. Sie konnte nicht daran glauben, dass er alles vergessen haben sollte. Vielleicht hatte er ihren Brief nicht bekommen? Sie konnte nicht mehr passiv sein, sie musste etwas unternehmen und beschloss ihn anzurufen. Sie war mehr denn je davon überzeugt, dass er ihr eine Erklärung schuldig geblieben war. Sie wollte aus seinem Munde hören, dass sie sich in ihrer Wahrnehmung geirrt hatte, dass sie alles nur geträumt hatte. Deshalb suchte sie im örtlichen Telefonbuch die Nummer seiner Mutter. Rebecca hoffte, dass er noch nicht umgezogen war. Auf der einen Seite war sie sehr gespannt, was er ihr sagen würde, auf der anderen war ihr bewusst, dass er sich verleugnen lassen könnte. Sie konnte ihn nicht zu einer Erklärung zwingen. Ihr war bewusst, dass sie mit dem Anruf den Bogen überspannen könnte. Womöglich empfand er gar nichts mehr für sie. Oder er hatte nie etwas für sie empfunden. Dann müsste sie ihn und das gemeinsam Erlebte jedoch vergessen; das war ihr klar.

Nachdem sie sich eine halbe Stunde mit Zweifeln gequält hatte, nahm sie mit zitternden Händen den Telefonhörer, wählte die Nummer und legte prompt wieder auf. Ihre Nervosität stieg. Der Angstschweiß war ihr auf die Stirn getreten. Noch dreimal dasselbe Schauspiel. Dann nahm sie ihren ganzen Mut zusammen und eine reife weibliche Stimme war in der Leitung. Rebecca vermutete Frederiks Mutter. Sie entgegnete, dass Frederik noch nicht zu Hause sei, Rebecca dürfe aber gern später nochmals anrufen. Auch das noch! Rebecca wurde ruhiger, der erste Schritt war getan. Eine Stunde später machte sie einen weiteren Versuch und das Glück war auf ihrer Seite. Sie vernahm Frederiks Stimme im Ohr. Ganz recht schien es ihm nicht zu sein, dass sie sich erlaubt hatte, ihn sozusagen zu Hause, in seiner kleinen heilen Welt zu überfallen. Das spürte Rebecca ganz deutlich. Sie erkannte es an seiner Stimme. Seine Mutter durfte nichts von ihrer Existenz erfahren. Sie hatte Frederik bereits unangenehme Fragen gestellt. Rebecca betonte, sie wolle nur eine Antwort auf die Frage, warum er ihr aus dem Weg ginge. Sie wollte nur diese Erklärung. Dann würde sie ihn für immer in Ruhe lassen. Für immer. Frederik versicherte ihr darauf, dass er ihr nicht absichtlich aus dem Weg gegangen war und dass er sich über ihren lieben Brief gefreut hatte. Er sagte, dass er in letzter Zeit arbeitsbedingt häufig sein Auto benutzen musste. Er hatte unregelmäßige Arbeitszeiten, und dass, wenn es arbeitstechnisch wieder ruhiger wird, er wieder den Zug benutzen würde. Für Rebecca klang das so, als suchte er nach einer Entschuldigung. Sie nahm ihm diese Ausrede nicht ab, ließ sich das aber nicht anmerken. Er sagte, dass er sich nächste Woche bei ihr melden würde. Sie gab ihm ihre private Telefonnummer und sie verabschiedeten sich. Rebecca empfand, dass er es sehr eilig hatte, sie abzuschütteln. Ihr vorheriges unangenehmes Gefühl bestand weiter. Erst jetzt merkte sie, wie erschöpft sie von den unzähligen schlaflosen Nächten war, heulte plötzlich los und konnte nicht mehr aufhören. Sie wusste nicht, wie es weitergehen sollte und was sie davon zu halten hatte. Sie zitterte am ganzen Körper. Sie war froh, dass Lorenzo noch nicht zu Hause war, denn sie hätte ihm ihre Tränen nicht verheimlichen können! Was hätte sie ihm als Ausrede sagen sollen? Die Liebe zu Lorenzo war in der Zwischenzeit noch weiter erloschen. Rebecca nahm ihn häufig nur noch schemenhaft wahr, an manchen Momenten wollte sie ihn nicht mehr konkret sehen, hören und tasten. Hinzu kam, dass sie sich nur noch ganz selten sahen, auch wenn sie in einer gemeinsamen Wohnung lebten.

Frederik gegenüber machte Rebecca kein großes Aufheben mehr, was ihre Partnerschaft zu Lorenzo betraf, da er sich ohnehin nicht dafür zu interessieren schien. Rebecca hatte Frederik lieben gelernt und die letzten Monate taten ihr übriges. Sie fühlte, wie sich die Liebe zu Lorenzo immer mehr zurückzog. In der Nacht lag sie oft schlaflos im Bett und begriff, dass ihre Zeit mit ihm zu Ende war. Es gab kein Zurück mehr. Der Begrüßungskuss war flüchtig. In der letzten Zeit hatte sie noch versucht Liebe zu heucheln. Ihre Liebesenergie ihm gegenüber war wie weggeblasen, weil sie sich Frederik zugewandt hatte. Rebecca glaubte, dass Lorenzo etwas ahnen könnte, da sein Ton und Verhalten ihr gegenüber wirklich kälter und distanzierter geworden waren. Trotz des vorherigen Telefongespräches mit Frederik spürte Rebecca, dass das mit Frederik nicht nur ein Seitensprung oder eine kurze Affäre war, es war eine völlig neue Situation entstanden, sie hatte sich in ihn verliebt. Sie war eine Gefangene seiner Welt. Sie wusste, dass sie die Beziehung zu Lorenzo beenden musste, auch wenn sie Angst davor hatte, sogar enorme Angst. Sie musste es wagen, in das kalte Wasser zu springen, sollte sich das Wasser auch als sehr tief und kalt herausstellen. Sie entschied den richtigen Zeitpunkt abzuwarten, auch wenn es im Grunde keinen gab. Vor lauter Erschöpfung schlief Rebecca mit diesem Vorsatz ein.

9 Die nächsten Tage vergingen wie im Flug. Rebecca hatte immer noch nicht den richtigen Zeitpunkt gefunden, um mit Lorenzo zu sprechen. Sie wusste auch noch nicht, was sie ihm sagen sollte. Er würde ganz sicherlich unangenehme Fragen stellen und das flößte ihr Furcht ein.

Zu Beginn der Woche, als Frederik sich melden wollte, plagten Rebecca heftige Bauchschmerzen. Sie ließ sich von Lorenzo von der Arbeit abholen und nach Hause fahren. Aufgrund der starken Schmerzen schaffte sie es nicht allein. Zuhause angekommen, ging es ihr bereits besser. Sie tippte auf eine Magenverstimmung und legte sich ins Bett. Die Schmerzen verschwanden eine zeitlang, dann setzten sie wieder ein, sie fühlten sich wie Koliken an, die ganz stark zum Höhepunkt gelangten, langsam abschwächten und dann wieder im Nichts verschwanden. Lorenzo kümmerte sich so rührend um sie, dass sich bei Rebecca das schlechte Gewissen bemerkbar machte. Sie wusste, dass sie trotz allem nicht mehr zurück konnte. Ihre Gefühle ihm gegenüber waren so widersprüchlich. Frederik war für sie nicht nur ein Seitensprung. Sollte sich Frederik auch nicht für sie entscheiden, sie konnte trotzdem nicht bei Lorenzo bleiben. Nur bei ihm bleiben, damit sie nicht allein war, das hatte Lorenzo nicht verdient. Dafür respektierte und achtete sie ihn zu sehr. Sie wusste, dass er sie liebte, dass er sehr getroffen sein würde, sobald er die Wahrheit erfuhr. Sie konnte nicht anders. Am Abend ging es ihr schon viel besser, aber sie wollte vorsichtshalber am nächsten Tag auch noch zu Hause bleiben, um sicher zu gehen. Während der Nacht hatte sie keine Schmerzen. Doch am nächsten Morgen begannen sie wieder. Immer nach demselben Muster. Rebecca hatte Lorenzo beruhigt und ihn bestärkt sie allein zu Hause zu lassen. Gegen Mittag bekam sie ein unangenehmes Gefühl, welches sich weder wie eine Bauchgrippe noch wie eine Magenverstimmung anfühlte, doch irgendetwas stimmte einfach nicht, so dass sie beschloss, zur Sicherheit mit ihren Wagen in das Krankenhaus zu fahren. Die Art ihrer Schmerzen lösten ein unangenehmes Gefühl aus, sie waren ganz stark da und doch nicht eindeutig lokalisierbar. Das beunruhigte sie ein wenig. In der Abteilung »Erste Hilfe« im Krankenhaus musste Rebecca einige lästige Untersuchungen über sich ergehen lassen. Die Ärztin war ein wenig ratlos und beschloss anschließend, einen Ultraschall im Unterleib durchzuführen. Ihr Gesichtsausdruck ließ Schlimmes befürchten. Rebecca wurde in die Abteilung Gynäkologie gebracht und die vage Vorahnung der Ärztin, die sie zuerst untersucht hatte, bestätigte sich. Die Diagnose lautete, dass Rebecca im Eierstock eine Zyste habe. Der leitende Arzt erklärte, dass Zysten mit Flüssigkeit gefüllte Hohlräume im Gewebe seien. Da Rebeccas Zyste Beschwerden verursachte, größer als acht Zentimeter war und somit die Wahrscheinlichkeit, dass sie sich allein zurückbildete, sehr gering sei, musste diese so bald als möglich entfernt werden. Der Primar entschied, den Eingriff gleich am nächsten Morgen durchzuführen, da er auch eventuell auftretende Komplikationen, wie ein Platzen der Zyste nicht riskieren wollte. Im schlimmsten Falle würde man Rebecca auch den betreffenden Eierstock entfernen müssen. Rebecca war den schlimmen Umständen entgegen relativ ruhig. Sie war einfach müde. Das Hickhack mit Frederik und Lorenzo der letzten Zeit, die Beförderung im Büro hatten ihr zuletzt mehr Energie geraubt, als sie je zugegeben hätte. Sie war ganz froh, dem Alltag entfliehen zu können, trotz der gravierenden Diagnose. Sie war einfach nur müde und konnte nicht mehr.

Die Operation verlief ohne Komplikationen und der Eierstock konnte rekonstruiert werden. Rebecca musste jedoch noch zwei Wochen im Krankenhaus bleiben, anschließend vier Wochen zu Hause, da ein langer Bauchschnitt zur operativen Behandlung durchgeführt wurde, um eine eventuell zugrunde liegende Krebserkrankung ausschließen zu können.

Im Krankenhaus hatte Rebecca trotz der vielen Besuche viel Zeit, über sich und ihre Vergangenheit nachzudenken. Sie war noch so jung und musste einen so schweren Eingriff auf sich nehmen. Was wäre gewesen, wenn man ihr beide Eierstöcke entfernt hätte? Dann hätte sie nie Kinder haben können ... Eine Aura der Ratlosigkeit umgab sie. Etwas in ihr hatte sich verändert. Sie wusste nicht genau was, doch ihre Einstellung hatte sich verstärkt, dass sie nicht mehr in diesem Käfig leben wollte, den Lorenzo vor fünf Jahren für sie gebaut hatte und in dem sie ihre Flügel nicht ausstrecken konnte. Sie wusste besser als irgendjemand sonst, dass sie mit ihm reden musste, um welchen Preis auch immer. Sie hatte einmal gelesen, dass Zysten in den Geschlechtsorganen wie Brust und Unterleib in direktem Kontakt mit nichtgelösten Liebes- und Beziehungsproblemen stehen; Myome hingegen in Zusammenhang mit Mutter-Tochter-Konflikten.

Rebecca musste sich aufrappeln und ihr altes Leben zurücklassen. In den ersten Tagen im Krankenhaus musste sie feststellen, dass ihr dies unerwartet schwer fiel. Doch sie hatte keine andere Wahl. Sie musste ihr Leben neu ordnen. Sie hatte sich nun für ein anderes Dasein entschieden, nun wollte sie den Anforderungen gerecht werden. Es gab keinen anderen Weg. Vor der Operation war sie in der Tradition gebunden, festgekettet, auf tausend verschiedene Weisen in ihrem Leben verwurzelt. Doch im Augenblick war es undenkbar, so weiterzuleben und weiterzumachen, wie bisher. Rebecca hatte das Gefühl, in früheren Beziehungen und in der Partnerschaft zu Lorenzo ihre Persönlichkeit aufgegeben zu haben.

Bevor sie Frederik kennen gelernt hatte, hatte sie den Eindruck, als würde die Welt sich einfach ohne sie weiterdrehen. Sie hatte nicht mehr das Gefühl zu wachsen oder sich weiterzuentwickeln. Beruflich schon. Doch ihr Privatleben und vor allem ihr Liebesleben war die letzten Jahre beinahe eintönig verlaufen. Sie trat auf der Stelle. Diese Gedanken waren der Anstoß für einen Entwicklungsprozess in Rebecca, welcher sich in Bewegung setzte und nicht mehr aufzuhalten war.

In der Zwischenzeit hatte Frederik bereits versucht, Rebecca telefonisch zu erreichen. Zuerst im Büro, dann zu Hause. Zu Hause meldete sich Rebeccas Mutter, denn sie schaute während Rebeccas Krankenhausaufenthalt ab und zu nach ihrer Wohnung. Sie erklärte ihm, dass Rebecca im Krankenhaus sei und gab ihm die Telefonnummer, unter welcher er sie erreichen könne. Besorgt rief er im Krankenhaus an und erreichte Rebecca auf Anhieb: »Wie geht es dir?«, fragte er mitfühlend. Es schien sehr zuvorkommend. Er hatte keineswegs die Absicht, sich in ihr Leben einzumischen, aber er war dennoch sehr besorgt um sie. Sie erzählte ihm von der Operation. »O Gott, das ist ja schrecklich!«, rief Frederik aus, und Rebecca nickte, als könnte er sie sehen. Dann wendeten sie sich erfreulicheren Themen zu. Er erzählte ihr von seiner Arbeit, dass es endlich gelungen war, einen lang gesuchten Drogendealer hinter Gefängnismauern zu bringen. Dann sagte er, er müsse nun leider weiterarbeiten, wünschte ihr gute Besserung und würde sie jedoch in den nächsten Tagen besuchen, wenn es seine unregelmäßigen Arbeitszeiten irgendwie zuließen. Er werde alles versuchen, es sei ihm wichtig. »Ich melde mich vorher auf alle Fälle noch mal«, versprach er ihr in aufmunterndem Tonfall.

Er kümmerte sich wirklich liebevoll um sie. Rebecca war sich sicher, dass sie nie vergessen würde, wie rührend besorgt er um sie war. Sein Einsatz war ihr tatsächlich sehr zu Herzen gegangen. Und er schaffte es, sie zu besuchen. Der überglückliche Gesichtsausdruck Frederiks wischte schließlich auch noch die letzten Bedenken fort. Er strahlte über das ganze Gesicht, als er sie sah. Er lächelte sie mit seinen rehbraunen Augen offen an, und Rebecca konnte nicht anders, als sein Lächeln zu erwidern, bis sein und ihr Lächeln plötzlich miteinander verschmolzen. Gemeinsam lächelnd standen beide eine Minute da, vielleicht zwei. »Wie geht es dir?«, unterbrach Frederik mit stiller und liebenswürdiger Stimme diese Intensität und schlug Rebecca vor, in den Park des Krankenhauses zu gehen. »Danke, schon viel besser, gern können wir in den Park gehen«, antwortete sie erleichtert. Ihre Augen leuchteten vor Freude. Als sie auf der Parkbank des Krankenhauses saßen, musterte sie ihn intensiv und dachte, dass einerseits seine Bescheidenheit und Natürlichkeit und andererseits seine Lebendigkeit und mitreißende Dynamik, sie immer wieder aufs Neue überwältigten. Ein Mann voller Gegensätze, nicht einschätzbar. Doch er schien seiner Wirkung auf sie überhaupt nicht bewusst zu sein, da er mit sich selbst beschäftigt zu sein schien, dass ihm vermutlich nicht in den Sinn kam, sie könne ihn so ansehen. Sie lächelte abermals und sah ihn strahlend an. Frederik warf ihr einen liebevoll verschmitzen Blick zu. Es war früher Abend und für Mitte Mai schon sommerlich warm in Rom. »Wir telefonieren morgen wieder«, sagte er, dann wünschten sie sich eine gute Nacht und er verließ das Krankenhaus.

Seltsam, wie wohl sie sich miteinander fühlten. Während Rebecca in ihr Krankenzimmer zurückging und über Frederik nachdachte, war ihr, als würde sie ihn schon ihr ganzes Leben lang kennen, nicht bloß ein halbes Jahr. Frederik versprach Rebecca, sich telefonisch bei ihr zu melden, um sich über den Fortgang ihrer Genesung zu informieren. Er hielt sein Wort.

34

10 Es war ein strahlender, sonniger Julitag in Rom. Die Temperatur hatte schon lange vor Mittag die Dreißig-Grad-Marke überschritten. Zwei Monate nach ihrer Operation war Rebeccas Wunde verheilt. Sie fühlte sich sehr gut.

Frederik hatte Rebecca in der Zwischenzeit einmal pro Woche telefonisch kontaktiert, um sich nach ihrem Befinden zu erkundigen. Rebecca freute sich sehr über seine ehrliche Anteilnahme. Sie hatten sich jedoch seit seinem Krankenhausbesuch nicht mehr gesehen. Doch heute war es endlich wieder so weit, sie hatten sich für den Nachmittag in einem Lokal im Zentrum von Rom verabredet. Rebecca kam frühzeitig im Lokal an und wählte einen Tisch auf der Terrasse, von wo aus man die ganze Stadt überblicken konnte. Ein traumhafter Ausblick. Frederik erschien keine fünf Minuten später. Sie begrüßten sich mit fröhlicher Herzlichkeit und feierten ihr Wiedersehen mit einem Glas Prosecco. Da es sehr heiß und schwül war, bestellten sie auch einen großen Eisbecher. Sie unterhielten sich über die Operation, neckten sich, machten Witze und lachten, er erzählte von seiner Mutter, von seinen zwei Brüdern und von der Arbeit.

Nur von einer Person hatte er bisher kaum geredet – seiner Verlobten. Rebecca fiel auf, dass er sie so gut wie nie erwähnte, nur dann, wenn Rebecca ihn direkt darauf ansprach, was sie jedoch äußerst selten tat. Was er ihr freiwillig erzählte, nahm sie dankbar an, aber nachbohren war einfach nicht ihre Art. Vielleicht versuchte sie sich so zu schützen.

Rebecca musste Frederik immer wieder ansehen. Sein Gesicht, seine lebendigen, scharfsinnigen Augen faszinierten sie mehr und mehr. Er schien ihren direkten Blick zu spüren – und zu genießen. Oder bildete sie sich das ein? Eines war sicher: Er hatte etwas, was sie wehrlos machte und endlos zärtlich stimmte. Etwas, das eine Anziehung in ihr weckte, die ihren Verstand allmählich lähmte. Sie fühlte sich von Sehnsucht nach seiner Liebe berauscht und zugleich bitter von der Gewissheit ernüchtert, dass ihre Sehnsucht unerfüllbar war. War er doch bereits gebunden. Doch für Rebecca hatte sich der Liebesbegriff ohnehin gewandelt: Liebe hieß für sie ohnehin nicht den Geliebten besitzen zu wollen, seine Freiheit nicht einzuschränken. Und sie lebte nach dieser Überzeugung. Auch wenn es manchmal einsam ohne ihn war, aber daran war sie gewöhnt. Man darf niemanden zu etwas zwingen. Davon war sie überzeugt.

Niemand, der die beiden beobachtete, hätte ahnen können, dass sie so viel trennte und doch so viel verband.

Als es Zeit war, nach Hause zu gehen, bot Frederik Rebecca an, sie zu fahren. Rebecca nahm gerne an.

Drei Straßen vor der Abzweigung, in welcher sich Rebeccas Wohnung befand, bog Frederik prompt in eine unbelebte Seitenstraße ein, schaltete den Motor aus, beugte sich zu Rebecca und küsste sie leidenschaftlich. Er berührte ihre prallen Brüste. Er begehrte sie. Auch ihr Verlangen wurde immer größer, doch Rebecca hielt ihn zurück und sagte, dass sie ihn begehre, doch jetzt miteinander zu schlafen sei keine gute Idee, weil sie sich noch nicht ganz sicher sei, ob der Bauchschnitt diese Leidenschaft und dieses Begehren aushalten würde. Frederik entschuldigte sich für sein gedankenloses Vorgehen. Rebecca erwiderte, dass es nichts zu entschuldigen gäbe, im Gegenteil, sie freue sich über seinen Enthusiasmus. Frederik setzte Rebecca vor ihrem Kondominium ab, sie verabschiedeten sich, und sie ging in ihre Wohnung. Da es noch nicht so spät war, entschloss Rebecca noch ans Meer zu fahren.

Wie so oft wenn Rebecca ein wenig freie Zeit hatte, fuhr sie an den Strand. An eine abgeschiedene, von Touristen noch unentdeckte Stelle. Die gab es noch. Auch in der Nähe von Rom.

Das leise Rauschen des Windes in den Palmen und Sträuchern des Meeres vermischte sich mit dem Geräusch ihrer Atemzüge und dem Klopfen ihres Herzens. Sie blickte über den Strand auf das weite Meer hinaus und empfand mit nie gekannter Intensität, dass auch sie ein Teil der Natur war. Sie liebte es dort allein zu sitzen und ihre Sinne ganz für die Natur zu öffnen. Sie fühlte sich in Meditation, abseits des Autolärms der Großstadt. Sie hatte das herrliche Gefühl, etwas ganz Kostbares mit offenem Herzen zu erleben. In diesem Zustand fühlte Rebecca, dass ihr Leben, wie es war, eins wurde mit ihrem Leben, wie es sein sollte. Sehnsucht und Realität verschmolzen.

Für Rebecca war es ein in jeder Hinsicht perfekter Nachmittag gewesen. Als sie zu Hause ankam, ließ sie sich ein Bad ein. Während Rebecca in die riesige Badewanne sank, dachte sie wieder über Frederik nach. Sie liebte es, mit ihm zu reden, und hoffte, dass sie ihn bald wiedersehen würde. Sie fühlte sich beschenkt durch seine bloße Existenz. Das Wichtigste für Rebecca war Liebe zu fühlen, nicht das Nachdenken über sie. Dieses Glück gab ihr viel Kraft und Energie. Sie spürte das Bedürfnis, ihren Mitmenschen etwas davon abgeben zu müssen.

11

Ungefähr vier Wochen später klingelte das Telefon in Rebeccas Büro und zu ihrer Überraschung war es Frederik. »Wie geht es?« fragte er mit seiner klangvollen Stimme, die ihr so vertraut war. Sie freute sich, sie zu hören. »Rebecca – ich muss dir etwas Wichtiges und Unaufschiebbares sagen. Komm bitte ins Bistro herunter. Ich warte hier auf dich.« Sie sagte zu. Das Bistro befand sich im selben Bürokomplex, in welchem Rebecca arbeitete. Vor Aufregung und Angst, dass etwas Schlimmes passiert sein könnte, war Rebecca wie leer im Kopf, meldete sich im Büro ab und ging ganz angespannt dorthin. Seine Worte beunruhigten sie.

Frederik war schon da. Rebecca hatte das ungute Gefühl, dass er nach den richtigen Worten suchte, um ihr etwas beizubringen, das sie nicht gerne hören würde. Ihre Ahnung sollte sie, wie so oft, nicht täuschen. Beide bestellten einen »Macchiato«, welchen der Kellner gleich servierte. Rebecca trank ihn vor Anspannung gleich aus.

Frederik sah ihr tief in die Augen, als suchte er etwas. Urplötzlich eröffnete er ihr dann ohne Umschweife, dass er und seine Freundin in einem Monat heiraten würden. Rebecca spürte bei diesen Worten, dass Frederik seine Verlobte liebte und nebenbei erwähnte er, dass er glücklich mit ihr sei. Er versuchte zu erklären, dass sie diesen Schritt nun kurzfristig entschieden hätten. Rebecca schien den Boden unter den Füßen zu verlieren, als die Bedeutung seiner Worte so langsam bei ihr ankam. Sie versuchte zu verstehen, was sie gerade aus seinen Lippen entnommen hatte. Sie schwieg lange und nickte dann, da sie fürchtete, dass sie in Tränen ausbrechen würde, sobald sie auch nur den Mund aufmachen würde und spürte, wie ihr das Blut aus den Adern wich. Sie war in ihren Bewegungen wie gelähmt. Sie war beruhigt ihren Kaffee schon ausgetrunken zu haben, dies hätte sie nicht mehr geschafft. Sie konnte nicht glauben, was sie da hörte. Ihr blieb förmlich die Luft zum Atmen weg, so erschrocken war sie. Sie zwang sich erst einmal tief durchzuatmen. Frederik gegenüber jedoch versuchte sie die Fassung zu bewahren. Deshalb gratulierte sie anschließend und entgegnete erstaunt, dass das jetzt aber wirklich schnell ginge. Vor einem Monat, als sie sich zum letzten Mal gesehen hatten, hatte er mit keiner Silbe erwähnt, in naher Zukunft heiraten zu wollen. Sie wusste, dass sie seine Entscheidung akzeptieren musste. Sie hätte ihn zu diesem Zeitpunkt wieder vor die Wahl stellen können. Entweder seine Verlobte oder sie, aber sie tat es nicht. Sie hätte dies zu keiner Zeit gewollt. Das hätte Rebecca nie getan. Das wäre für sie Gewaltanwendung gewesen, eine Art Zwang, und das lag ihr fern. Und ihre Achtung vor seiner Entscheidung überwog ihrem Wunsch, Frederik von der Ehe abzuraten. Die Ablehnung seiner Familie, seine Verlobte nach sieben Jahren einfach mit ihr auszutauschen, hätte zu viel Aufsehen erregt. In vielerlei Hinsicht war er sicher der ideale Ehemann. Verlässlich, im Allgemeinen nicht aus der Ruhe zu bringen und ziemlich vernünftig, was die Dinge betraf, die seine zukünftige Ehefrau von ihm erwartete. Doch Rebecca hatte sein zweites Gesicht kennen und lieben gelernt. Sein erstes Gesicht war ihr nicht mehr wichtig. Frederik würde immer in ihrem Herzen bleiben, egal was kam. Zwischen Rebecca und Frederik wäre die Sache von vornherein zum Scheitern verurteilt gewesen, darüber hatte sie sich, seit sie wusste, dass er eine langjährige Beziehung hatte, keine Illusionen gemacht. Sie glaubte, dass sie sich früher oder später dafür gehasst hätten. Außerdem wollte Rebecca keine Beziehung mehr zerstören.

Lorenzo war auch liiert, als sie sich kennen gelernt hatten. Sie hatte um ihn gekämpft und ihn bekommen. Es soll ja vorkommen, dass der Schiffbruch eines Ehepaares oder Partners in einer Beziehung auch diejenige oder denjenigen mit in das Verderben reißt, der ihn verschuldet hat. Und genau vor diesem Scherbenhaufen stand sie mit Lorenzo. Sie hatte es immer noch nicht geschafft, ihm die Wahrheit zu sagen. Was Frederik betraf, glaubte sie, dass er bereits zu viel in seiner Zukunft verstrickt war, mit seiner Verlobten.

Vielleicht erwartete Frederik, dass Rebecca seiner Verlobten das Feld nicht kampflos überließ. Sie wusste es nicht. Sie hatte ihn nicht danach gefragt. Die Frage nach der Zukunft war nie ihr Thema gewesen, sie lebten nur in der Gegenwart, im Jetzt. Nach einigem Grübeln entschied Rebecca, dass es momentan einfach über ihr Urteilsvermögen ging, Beziehungen zu verstehen. Es gab so viele Fragen, deren Antworten sie vor wenigen Monaten noch zu wissen geglaubt hatte, die sie nun jedoch vor riesengroße Rätsel stellten.

Rebecca und Frederik saßen so lange da, ohne ein Wort ... In Rebecca strömte zuerst wieder das Leben zurück. Sie suchte Frederiks Blick – und fand ihn endlich wieder – sie sagte mit einem leisen Seufzer, dass sie wieder ins Büro müsste, es warteten noch Berge von Arbeit auf sie, die heute noch erledigt werden müssten. Frederik stimmte gedankenversunken zu und sie verabschiedeten sich.

Sie litt insgeheim und verschwieg Frederik, was ihre innere Zerrissenheit betraf. Ihr war klar, dass das mit seiner Ehe nicht mit rechten Dingen zuging, doch was sollte sie tun? Sie empfand, dass sie nichts tun konnte, sie fühlte sich ohnmächtig. In diesen Sekunden spürte sie mit seltsamer Klarheit, dass etwas geschah, das nicht geschehen durfte, und dass sie nichts daran ändern konnte. Die intuitive Einsicht ihrer Hilflosigkeit ließ sie erstarren. Es war ihr, als würde alles Leben aus ihrem Körper weichen. Dann fing sie sich wieder. Sie liebte ihn, egal was er tat. Auch wenn sich das mit seiner Ehe als großer Fehler herausstellen sollte. Es war sein Leben; er musste es auslöffeln; er musste mit seiner Ehefrau bis ans Ende seiner Tage zusammenleben. Rebecca war nicht gegen seine Eheschließung, weil sie ihn heiraten wollte. Nein, ganz im Gegenteil, sie war grundsätzlich skeptisch, was das Eingehen einer Ehe betraf. Wenn sie so die Ehen in ihrem Verwandten-, Freundschafts- und Bekanntenkreis beobachtete, schien sich die Liebe oftmals zurückgezogen zu haben. Sie erlebte nur Kampf und Krampf im alltäglichen Leben dieser lieb gewonnenen Menschen. Und das wollte sie sich nicht antun. Sie fühlte, dass Frederik sich in eine Sackgasse begeben würde, derer er sich noch nicht bewusst war. Trotzdem. Sie musste ihn gehen lassen, auch wenn, wie sie fand, diese Ehe unter einem seltsamen Stern stand.

Und wieder schossen ihr dieselben quälenden Fragen durch den Kopf: Was wäre gewesen, wenn sie ihn wirklich herausgefordert hätte? Wie wäre ihrer beider Leben verlaufen? Sie würden es nie erfahren. Rebecca war sicher, dass sich Frederik dennoch gegen sie beide, gegen ihre Liebe entschieden hätte. Doch sie liebte ihn. Trotzdem. Auch wenn Rebecca und Frederik dieses geheimnisumwobene Wort noch nie benutzt hatten, sie sprachen immer von ihrer Freundschaft, das Wort Liebe war ihnen tatsächlich noch nie über die Lippen gerutscht. Als ob nur das Ungesagte lebendig bleiben und das Ausgesprochene sich verflüchtigen würde. Beide waren der festen Überzeugung, dass ihre Freundschaft trotz Eheschließung in Zukunft aufrecht bleiben würde.

Rebecca nahm es Frederik letztendlich nicht ab, dass er und seine Lebensgefährtin sich so kurzfristig entschieden hatten zu heiraten. Dies war sicher schon lange geplant. Sie glaubte eher, dass Frederik Angst hatte, ihr das früher zu sagen. Angst, dass sie sich zurückziehen würde. Dass sie ihn zum Teufel jagen würde. Dass das ihre Freundschaft nicht aushalten würde. Ihr das mit der Ehe grundsätzlich verheimlichen, konnte er nicht riskieren. Früher oder später hätte sie das herausbekommen. Manchmal kann Rom so klein sein. Das wollte er doch nicht riskieren. Er hatte sich, was seine Verlobte betraf, bereits zu weit aus dem Fenster gelehnt, sie hatten gemeinsam eine Wohnung gekauft, bevor Rebecca in sein Leben kam. Das konnte er nicht mehr rückgängig machen. So wollte er auf zwei Hochzeiten tanzen, und Rebecca tanzte mit. Rebeccas Herz hatte entschieden, diesen Weg mit Frederik trotz seiner Ehe zu gehen, ohne zu wissen, wie er enden würde. Rebecca würde dieses Wagnis eingehen. Sie würde sich nicht mehr von ihrem Weg abbringen lassen, denn das würde zu viel für sie kosten. Eine solche Liebe wählt man nicht, man wird von ihr gewählt.

Doch Rebecca konnte dieses Geständnis mit der Eheschließung nicht so ohne weiteres wegstecken. Zwar brach für sie keine Welt mehr zusammen. Und sie machte langsam die Erfahrung, dass sie glücklich war, wenn sie liebte, ohne dies in die Welt hinausposaunen zu müssen. Frederik und sie genügten sich. Vielleicht hatte sie geahnt, dass es, was Frederik betraf, früher oder später so kommen würde.

Rebecca konnte in dieser Nacht bis vier Uhr morgens nicht einschlafen. Sie schluckte die bittere Pille der Heirat tapfer. Für sie kam es nicht in Frage, diese Freundschaft aufzugeben. Sie fühlte sich manchmal so, als steckte sie inmitten eines Experimentes und war neugierig, wie es enden würde. Sie versuchte nicht weiter darüber nachzudenken und schlief frühmorgens entkräftet ein.

Bis zur Hochzeit sahen sie sich noch dreimal. Das erste Mal bei einem traditionellen Volksfest in Trastevere. Aufgrund der vielen Menschenmassen war es fast unmöglich, Menschen zu treffen, die man kannte. Doch Rebecca und Frederik, er gefolgt von seinen Freunden, stießen förmlich zusammen. Rebecca war mit ihrer Schwester und einer Freundin beim Fest. Wie man an seinem zerrissenen Hemd feststellen konnte, feierte Frederik seinen Polterabend. Es war genau das Hawaii-Hemd, welches Frederik getragen hatte, als er sie im Krankenhaus besucht hatte. Insgeheim musste sie lächeln. Trotz des bitteren Beigeschmacks. Sie wechselten nur drei Worte, weil Frederik lautstark von seinen Brüdern und Freunden gerufen wurde.

Das zweite Mal, als Rebecca am Bahnsteig ihr Ticket entwertete, stürmte Frederik die Stufen herauf. Er war wie Rebecca spät dran. Sie liefen zum Zug, stiegen ein und setzten sich gegenüber. Rebecca ahnte zu diesem Zeitpunkt noch nicht, dass das ihre letzte gemeinsame Zugfahrt sein würde.

Sie unterhielten sich über seine Hochzeitsvorbereitungen. Er sah ihr einige Mal ganz tief in die Augen und sagte, dass es für ihn einfach wichtig sei, die Partnerin als vertrauten Freund zu sehen, eine Mitstreiterin im Alltag zu haben, nicht allein sein zu müssen, jemanden zu haben, der stets an einen denke; einen »Seelenverwandten« zu haben, mit dem man sich gut verstehe, weil man »viele Gemeinsamkeiten« habe und über diese Eigenschaften verfüge seine zukünftige Ehefrau. Frederik war mit ihr immer gut ausgekommen, sie war immer für ihn da gewesen, als er jemanden brauchte. Auf sie war immer Verlass gewesen, er war mit ihr immer gut gefahren. Und das sei für ihn das Wichtigste in einer Ehe. Es sprudelte nur so aus ihm heraus. Es klang beinahe so, als müsste er nicht Rebecca davon überzeugen, sondern sich selbst. Rebecca entgegnete, dass er sich nicht zu rechtfertigen brauche, es sei schließlich seine Entscheidung und diese werde sie respektieren. Sie fühlte sich ohnehin befreit. Ihr Inneres glich einem leeren Gefäß, sie wollte es nicht mehr mit Moralregeln, Sicherheit, Geld, Macht, Prestige und mit alten Inhalten füllen. All das war Ballast und Ballast machte Rebecca schwermütig. Sie wollte die Fenster weit aufmachen und die Frische hereinlassen. Sie hatte seine Entscheidung akzeptiert, auch wenn ihr die ganze Geschichte mit der plötzlichen Eheschließung ein wenig suspekt erschien.

Drei Tage vor der Hochzeit rief Frederik Rebecca im Büro an, um sie zu einem Drink einzuladen. Ein so genannter Abschlussdrink als freier Mann, wie er zu sagen pflegte. Sie nahm die Einladung an. Sie war erleichtert, dass sie sich vor der Heirat nochmals sehen konnten, sagte sie am Telefon und war froh, dass Frederik ihren wehmütigen Blick nicht sehen konnte. Frederik schien Gott sei Dank nichts zu bemerken.

Als Rebecca Frederik am vereinbarten Treffpunkt erblickte, fand sie, dass er sehr schlecht aussah. Wahrscheinlich war für ihn der Stress der letzten Wochen um die Hochzeitsvorbereitungen zu viel geworden. Rebecca sprach ihn darauf an und er entgegnete, dass er bereits einen Termin im Solarium vorgemerkt hatte, um zumindest noch ein wenig Farbe zu bekommen. Viel Zeit blieb ihm nicht mehr. Im Café in Tiburtina, wo sie sich bislang noch nie getroffen hatten, bestellten sie je ein Glas Sekt. Sie versprachen sich hoch und heilig ihre Freundschaft trotz Ehe zu erhalten. Sie sprachen immer noch von Freundschaft. Das Wort Liebe hatten sie immer noch nicht benutzt. Das führte für Rebecca zu einer Veränderung der Einstellung zur Liebe. Der Definition. Sie begann, Dinge zu akzeptieren, die sie vielleicht nie akzeptiert hätte. Akzeptieren war vielleicht der falsche Ausdruck, sie ging keinen faulen Kompromiss ein. Ihre Freundschaft zu Frederik hatte sich irgendwie verselbständigt, sie hatten sich nicht mehr unter Kontrolle. Die gesamte Situation hatte eine andere Dimension angenommen. Sie hatten eine wunderbare Freundschaft, dagegen war nichts einzuwenden, doch sie schliefen miteinander. Und das war der heikle Punkt. Ihr ging es gut dabei. Bei Rebecca trat eine Entwicklung ein, die mit nichts mehr aufzuhalten war. Sie empfand diese Liebe als Seinszustand, der von der Ehe unabhängig war. Diese Liebe war im Begriff unabhängig davon anzudauern; sie war frei davon, unschuldig. Diese, ihre Liebe hatte etwas mit Freiheit zu tun und überhaupt nichts mit Sicherheit und es entstand eine Dimension aus Schönheit, Glückseligkeit und Freiheit.

Zurück im Auto bemerkte Rebecca, wie Frederik die Erregung überkam. Rebecca schien, als würde jede Zelle ihres Körpers vibrieren. Als sich ihre Lippen berührten, begann Rebecca ganz leicht zu zittern. Es war nicht ihr erster Kuss, aber es war das erste Mal, dass ein Kuss, sie so tief berührte. Sie entledigten sich ihrer Kleider und er drang in sie ein. Ganz tief. Dieses Wiederfinden war schöner als alles bisher Erlebte. Sie verdrängte, dass Frederik in drei Tagen der Ehemann einer anderen sein würde. An diesem Abend war er ihr Geliebter. Er war es so sehr, dass sie keinen Augenblick an seine zukünftige Ehefrau dachte, die sie mit ihm betrog. Sie erlebte orgiastisches Glück. Rebecca hatte sich immer für eine Frau mit einem empfindlichen Verantwortungsbewusstsein gehalten. Doch ihr schlechtes Gewissen gegenüber Frederiks zukünftiger Ehefrau war nur eine Nadel im Heuhaufen ihrer Liebe zu ihm. Sie war wie berauscht, verzaubert. In dieser Minute war sie sich sicher, auch wenn sie bis jetzt wenig gemeinsame Zeit hatten und aufgrund seiner Hochzeit diese Zeit noch weniger werden würde, genoss sie jede Sekunde mit ihm. Vielleicht genau deswegen. Rebecca überkam wieder ein großes Glücksgefühl, auch wenn sie ihn teilen musste. Frederik sagte ein wenig betroffen, dass er aufbrechen müsste, und Rebecca wünschte alles Gute für die bevorstehende Hochzeit in drei Tagen und er solle nicht vergessen »ja« zu sagen. »Vergiss mich nicht ganz«, sagte sie betrübt und fühlte sich für einen kurzen Moment, als sei ihr etwas vorenthalten worden.

Zu Hause angekommen, holte sie sich ein Glas Rotwein, zur Abwechslung einen Cabernet Sauvignon, und ging auf ihre Terrasse. Der dunkle Himmel war übersät von unzähligen Sternen. Rebecca stand einfach nur da, blickte zu den Sternen Roms empor und fragte sich, was nun mit ihrem Leben geschehen würde.

Sie dachte an das Treffen mit Frederik. Wenn sie ihn das nächste Mal sehen würde, würde er ein verheirateter Mann sein. Würde er dann noch derselbe sein? Würde er sich verändern? Fragen über Fragen.

Es war ein vollkommener Abend mit einem wunderbaren, besonderen Menschen gewesen, sie musste immer wieder an das Erlebte, an die vergangenen Stunden mit Frederik denken. Sie fühlte sich frei und gut und war froh, dass nicht sie in drei Tagen heiraten musste. Die Ehe interpretierte sie mit Rechten und Pflichten, sie glaubte, dass durch die Ehe zwangsläufig die Liebe abhanden käme. Ihr fiel ein, dass die Ehe von Frederik und seiner Ehefrau, deren Namen sie immer noch nicht wusste, kirchenrechtlich nicht gültig geschlossen werden würde, falls ihre Freundschaft und der sexuelle Kontakt wirklich wie bisher weiterbestehen sollten. Dies hatte sie einmal irgendwo gehört oder gelesen. Sie beschloss, Frederik davon nichts zu sagen. Kirchenrecht hin oder her, das interessierte sie ohnedem nicht mehr.

Drei Tage später, der Tag der Hochzeit, war ein regnerischer Tag. Es goss aus allen Kübeln. Fast den ganzen Tag. Ein gutes Omen für die Braut, denn ein italienisches Sprichwort besagt, wenn es am Tag der Hochzeit regne, würde das Glück für die Braut bringen. Rebecca lächelte in sich hinein und dachte, dass oft alles anders war, als es zu sein schien. Das Leben scherte sich manchmal nicht darum, was der Mensch sich wünschte oder glaubte. Trotzdem hatte Rebecca den ganzen Tag über ein mulmiges Gefühl und war froh, als er zu Ende war. Sie fühlte sich an diesem Tag, auch wenn sie von Tausenden Menschen umgeben war, so richtig einsam. So wie manche Menschen, die Weihnachten alleine feiern beziehungsweise durchstehen mussten und froh waren, dass die Feiertage vorbeiwaren. Rebecca war klar, ohne das leidenschaftliche Interesse an den wesentlichen Fragen des Lebens, hätte sie nie die Unsummen an Energie und Beharrlichkeit aufgebracht, die nötig waren, Frederik trotzdem zu lieben, trotz seiner Ehe.

In den folgenden Wochen musste Rebecca öfter an Frederik denken. Ihr ging es gut dabei. Der Gedanke an Frederik erfreute sie und gab ihr unendlich viel Kraft. Sie ging nicht davon aus, dass Frederik ausgerechnet in seinen Flitterwochen an sie dachte. Ein kleiner Gedanke an sie, würde sie aber schon sehr freuen, aber das würde sie nie erfahren. Doch darum ging es ihr ja nicht. Rebecca stellte fest, dass sie sich noch nie einem Menschen so nahe und verbunden gefühlt hatte. Ihre Liebe war wunderbar, sie konnte ihnen nicht mehr genommen werden. Sie gehörte nur ihnen beiden. Niemand wusste davon. Sie genügten sich. Sie lebten nicht zusammen, sie konnten ihre Liebe – sie nannte es einmal Liebe, auch wenn sie nie von Liebe sprachen, – nicht in der Öffentlichkeit ausleben, demonstrieren. Zweck der Liebe sollte es auch nicht sein, dies in der Öffentlichkeit zu demonstrieren, dass glaubte Rebecca wirklich und meinte es nicht, weil ihr diese Möglichkeit verwehrt blieb. Es gab Menschen, die sich nur aufgrund des öffentlichen Interesses liebten oder vorgaben zu lieben. Die diese

Bestätigung und das Wohlwollen von da draußen benötigten, um sich angenommen zu fühlen. Rebecca war Frederik dankbar für sein Vertrauen. Sie hätte ja durchdrehen und in die Hochzeitsfeierlichkeiten eingreifen können. Doch Rebecca war nicht in einem Film. Sie war in der Realität, in der Wirklichkeit, im realen Leben. Sie würde sein Vertrauen ihr gegenüber niemals missbrauchen. Sie liebte Frederik mit jeder Faser ihres Körpers, für sie gab es keine Grenzen irgendwelcher Art mehr. Diese Liebe überwand alle Barrieren der Tradition, denn diese Liebe barg selbst das Geheimnis der Erfüllung und des Lebensglücks. Für Rebecca verblasste dagegen alles andere und wurde unwichtig. Sie hatte begriffen zu leben, um zu lieben und fragte nicht mehr nach Hochzeit und Wirtschaftsgemeinschaft.

Es tat ihr nicht weh, ihn in den Armen seiner Ehefrau zu wissen, wenn sie an ihn dachte, ging es ihr sehr gut. Sie hätte tanzen können vor Freude, Frederik hatte ihr bisher so viel gegeben. Es tat gut, ihn geborgen zu wissen und ihm trotzdem so nah zu sein, auch wenn er weit weg war. Er hatte ihr eines der schönsten Geschenke gemacht, er ließ sie an seinem Leben teilhaben, sie durfte tief in seine Seele schauen. Sie hat viele Dinge gesehen, schöne und auch hässliche, sie liebte ihn für so viel Wahrhaftigkeit und Ehrlichkeit. Sie freute sich, dass er ihr vertraute, dass auch er, wie sie fand, dass das zwischen ihnen etwas Einmaliges war. Ja, es war einzigartig. Ihre Liebe brauchte nicht verdient zu werden. Sie war nackt, ehrlich und echt und hatte mit der Tradition nichts zu tun. Rebecca empfand es als sehr gefährlich, einem Menschen die Flügel stutzen zu wollen, denn diese Art von Operation überlebte so gut wie niemand. Man konnte Menschen nicht zu etwas zwingen, was sie nicht wollten und was nicht ihrer Natur entsprach. Das funktionierte einfach nicht. Deshalb wollte sie sich auch nicht in Frederiks Ehe oder Leben einmischen – zumindest soviel hatte sie gelernt.

12

Es war inzwischen Mitte Oktober und Rebecca saß im Büro. Auf den Tag genau vor einem Monat hatte Frederik geheiratet. Vor ungefähr einer Woche musste er von seinen Flitterwochen zurück nach Rom gekommen sein. Wie lange würde es noch dauern, bis sie ihn wiedersehen konnte? Würde er noch derselbe sein, von dem sie sich verabschiedet hatte? Würde er sie noch so begehren wie am Anfang? Eine Eheschließung und Flitterwochen konnten vieles verändern.

Das Klingeln des Telefons riss Rebecca aus ihrem Tagtraum. Es war Frederik. Als hätte sie es gespürt. Er wollte sie so bald wie möglich wiedersehen. Er versprach ihr, sich in den nächsten Tagen bei ihr zu melden und zwar sobald er über seinen Dienstplan Bescheid wusste. Er hörte sich nicht verändert an. Rebecca war beruhigt, denn sie hatte tatsächlich Angst davor gehabt, dass sich die Freundschaft in Luft auflösen und den Belastungen der Vergangenheit nicht gewachsen sein könnte. Ihre Ängste, ihre Zweifel konnte sie in diesem Moment getrost vergessen. Sie fühlte sich glücklich, erhaben, sorglos und voller Optimismus.

Nachdem sie sich verabschiedet hatten, nahm Rebecca für den Rest des Tages frei, meldete sich im Büro ab und fuhr an den Strand, an ihren gewohnten Platz. Als sie dort ankam, wurde das Wetter langsam schlechter. Unerwartet zogen erste Wolken auf. Die Stelle war verwaist, es war niemand zu sehen. Rebecca setzte sich unweit vom Meer entfernt hin. An einem sonnigen Tag wäre sie dort sicher mehreren Menschen begegnet, zwar nicht vielen, aber bedingt durch den Oktober und den herankommenden Wolken war sie allein. Sie fühlte sich befreit und empfand es als wunderbar.

Bis auf ein, zwei Fischerboote und einigen kleineren Motorjachten war auch niemand im Meer zu sehen. Die Wellen waren aufgewühlt und rauschten an den schalen Sandstrand. Aufgebläht die Wolken, weiß zum Teil auch grau. Zum Horizont hin wurden sie heller und weitläufiger.

Rebecca beobachtete die heranströmenden Wellen, die im Sand ankamen, fast bis zu ihren Füßen. Wie hätte sie es genossen, wenn es die Jahreszeit zugelassen hätte, die Strümpfe und Schuhe auszuziehen und das Wasser zu spüren, doch es war inzwischen Mitte Oktober. Rebecca hätte sich eine Erkältung oder eine Lungenentzündung holen können. So saß sie da und musste sich mit sich selbst und ihrem Leben beschäftigen, niemand lenkte sie ab. Sie saß einfach da, hatte keinerlei Absicht, war nicht enttäuscht, dass die Sonne wegblieb und konnte ohne jede Zerstreuung oder Gedanken einfach nur das genießen, was tatsächlich und echt war, denn erst, wenn alle Wünsche und Absichten weg waren, konnte sie die Realität frei wahrnehmen. Rebecca wollte keinen Trichter davorschieben, der sie hinderte, die Realität voll und intensiv zu erleben. Frederik war unverändert von seinen Flitterwochen zurückgekehrt. Sie war ihm angeblich immer noch genauso wichtig wie zuvor. Durch diese Entfernung von der Zivilisation spürte Rebecca die Natur, wie einst in ihrer Kindheit. Ihre Stärke, ihre Macht und gleichzeitig ihre Menschenliebe. Liebe schien unabhängig von Menschen zu sein, denn sie offenbarte sich Rebecca als etwas, das nur jeder für sich selbst erfahren konnte. Wer das Glück besaß, diese Liebe intensiv erleben zu dürfen, sollte nicht erschrocken stehen bleiben, um sie dann wie einen Goldschatz im Tresor zu verbergen zu versuchen. Was der Mensch erleben durfte, sollte er weitergeben. Dessen war sich Rebecca in diesen Momenten wieder einmal bewusst. Sie blickte auf das Meer hinaus. Die Wellen wurden immer größer und mächtiger. Es würde nicht mehr lange dauern, bis sie Rebecca erreichen würden. Am Horizont gingen Meer und Himmel ineinander über. Mit den zunehmenden Wellen machte sich ein fließender Wind bemerkbar. Rebeccas feine Nase nahm einen leichten Salzgeruch wahr und sie musste wieder an Frederik denken. Zunächst waren da noch die Gedanken an seinen Telefonanruf im Büro. Wie lange sie darauf gehofft hatte. Rebecca musste leise lächeln, da sich ihr menschlicher Geist doch immer mit etwas beschäftigen musste. Er konnte sich angeblich nicht zurückziehen und einfach nur genießen.

Rebecca hatte es vorausgesehen: Eine mächtige Welle erreichte den Strand und das Wasser überflutete ihre Schuhe. Sie wich zurück, aber sie hatte bereits eine Menge Salzwasser abbekommen, doch sie störte das nicht weiter. Plötzlich ließ sich die Sonne zwischen den Wolken ganz kurz sehen und verschwand wieder so schnell, wie sie sich gezeigt hatte. Der Wind wurde schwächer. Je länger Rebecca dasaß, desto mehr wichen ihre Gedanken an Frederik. Ihr Kopfzerbrechen trat in den Hintergrund, und das

Empfinden über die Sinne gelangte in den Mittelpunkt. Rebecca fiel es schwer, diese Sinneseindrücke in verständliche Worte zu fassen. Sie fühlte sich high und geliebt. Ganz ohne irgendwelche Drogen oder Alkohol. Nur die Verbindung mit der Natur und ihr Alleinsein zählten. Rebecca fühlte eine Energie, die sie mit Worten nicht erklären konnte. Alles war gut.

Bevor Rebecca nach Hause fuhr, blickte sie ein letztes Mal über das weite Meer und dachte über Frederik nach. Er war ein vollkommen anderer Mensch als Lorenzo; er besaß so viel innere Stärke und hatte etwas dermaßen Klares, Kraftvolles und Faszinierendes an sich, dass es ihr beinahe Angst einjagte. Sie hatte keine Ahnung, wie es mit ihnen weitergehen sollte oder was eigentlich mit ihr geschah, und im Grunde wollte sie auch lieber nicht weiter darüber nachdenken.

In Zukunft sahen sich Rebecca und Frederik weiterhin, als ob nichts gewesen wäre, als ob es keine Heirat und keine Flitterwochen gegeben hätte. Geändert hatte sich nur, dass er nun nicht mehr den Zug zur Arbeit nahm. Er benutzte das Auto, da seine Arbeitszeiten noch unregelmäßiger waren. Gelegentlich, als seine Arbeit es erlaubte und er zur selben Zeit wie Rebecca Feierabend hatte, bot er ihr an, sie am Arbeitsplatz abzuholen und mitzunehmen, da er, um nach Hause zu fahren, an der Straße vorbei musste, in welcher Rebecca wohnte. Dies kam zwar sehr selten vor, aber immerhin kam es vor. Wenn doch, dann war Frederik in seiner Art nicht aufdringlich oder fordernd, immer sensibel und aufmerksam. Das nahm Rebecca noch mehr für ihn ein. Frederik machte keine Anstalten sie zu berühren oder sie zu küssen. Er war in dieser Hinsicht sehr distanziert. Rebecca glaubte, dass die Ehe das schlechte Gewissen geschärft hatte. Zu Recht, wie sie fand. Doch ihr war klar, dass sich früher oder später seine Moral wieder zurückziehen würde. Sie hingegen musste sich in seiner Gegenwart sehr beherrschen. Sie glaubte, dass es Frederik ähnlich ging. Oder bildete sie sich das nur ein, weil sie sich das wünschte? Nein, das war es nicht. Das musste sie dann doch entschieden von sich weisen. Denkbar war alles. Der Vulkan brodelte und war kurz vor seinem Ausbruch. Das spürte sie immer deutlicher durch ihre empfindsame Beobachtung. Die Zeit würde kommen, in welcher sie sich nicht mehr beherrschen werden können und übereinander herfallen würden wie wilde Tiere, die ausgehungert waren. Der Vulkan würde ausbrechen – früher oder später. Dessen war sich Rebecca bewusst.

An einem Montag Ende Januar rief Frederik Rebecca im Büro an. Sie solle doch in das Café gegenüber des Polizeikommissariates kommen und dort auf ihn warten. Er würde sie gerne zu einem Drink einladen. Er müsse nur noch einige bürokratische Sachverhalte klären und komme dann nach. Es war lange her, dass sie sich in einem Café getroffen und etwas miteinander getrunken hatten. Fast ein halbes Jahr. Rebecca sagte beschwingt zu. Sie freute sich darauf. Einige unvorhergesehene Telefonanrufe verzögerten Rebeccas Aufbruch, aber als sie endlich alles zu ihrer Zufriedenheit erledigt hatte, ging sie los. Bis zur Bar würde sie ungefähr fünf Minuten benötigen. Rebecca atmete tief durch und schritt hinaus in den kalten Winter.

So wie es Rebecca vermutet hatte, wartete Frederik schon im Café auf sie. »Du siehst wunderschön aus«, begrüßte er sie mit einem Lächeln. »Wie war dein Tag?«, erkundigte er sich, während sie Platz nahm. »Hoffentlich nicht so ärgerlich wie meiner.« Rebecca bestellte ein Glas Weißwein, Frederik ein Glas Sekt. »Entschuldige bitte erst einmal, dass ich später als vereinbart gekommen bin, aber Arbeit und auch Kunden können doch sehr strapaziös und anstrengend sein. Frederik bejahte. »Übrigens, hast du Lust mit mir mitzukommen? Ich würde dir gern etwas zeigen.«

Überrascht von seinen Worten folgte Rebecca Frederik bis zum Hinterausgang des Polizeikommissariates. Frederik suchte ganz angestrengt in seiner Jackentasche und zog schließlich einen Schlüsselbund heraus. Er machte sich daran, die Tür zu öffnen. Rebecca wunderte sich, wohin das führen sollte. Wollte er sie in sein Büro schmuggeln? Das konnte doch nicht sein Ernst sein. Oder etwa doch? Sie wusste zwar, dass Polizeibeamte, die viel im operativen Bereich tätig waren und auch Schichten bis tief in die Nacht hatten, über ein Zimmer im Kommissariat verfügten, um ihnen den doch manchmal weiten Heimweg tief nachts oder früh morgens zu ersparen. Doch sie glaubte ihren Augen nicht zu trauen.

Er wird sie doch nicht dorthin einschmuggeln wollen, wie ein Priester eine Frau ins Kloster. Es war strengstens verboten, Außenstehende in das Gebäude mitzunehmen. Es waren die Räume der Staatspolizei. Rebecca war nervös. Sie mussten das Treppenhaus ganz vorsichtig passieren, ohne gesehen zu werden. Rebecca lief vor Aufregung, entdeckt zu werden, der Angstschweiß von der Stirn. Doch sie hatten Glück. Im Zimmer angekommen, schloss Frederik die Tür ab und Rebecca sah sich ein wenig um. Das Zimmer war sehr spartanisch eingerichtet, die Einrichtung ganz in blauweiß, in den Farben der italienischen Staatspolizei, gehalten.

Frederik kam mit langsamen Schritten auf Rebecca zu. Etwas an ihm weckte in ihr das Bedürfnis, auf ihn zuzugehen, und es hatte nichts damit zu tun, seine Ehefrau zu betrügen. Dies hier war vollkommen anders. Sie schaute ihn mit großen Augen an und ihre Blicke trafen sich. Sie erkannte mit geheimnisvoller Klarheit, dass alles genau so hatte geschehen müssen, wie es geschah: Sie konnten nicht voneinander lassen, sie konnten nicht mehr zurück. Wie sollten sie dagegen ankämpfen, was blitzartig zwischen ihnen geschah – es war zu schön, zu beherrschend, zu nachhaltig, zu wahr, zu anmutig. »Ich will nichts tun, was du nicht willst«, flüsterte er, und für einen Moment lag große Nachdenklichkeit in seinen Augen. »Wenn du jetzt gehen möchtest, ist das völlig in Ordnung. Ich würde es verstehen.« Doch sie sah ihn an und schüttelte den Kopf. Sie hatte bis jetzt tapfer gegen ihre Gefühle gekämpft. Langsam streifte er ihre Kleidung ab, streichelte sie, dann zog er sich vollständig aus, und sie klammerten sich mit einem Hunger aneinander, als ob sie schon Tage nichts zu essen bekommen hatten. Als sie dann nackt neben ihm lag, blickte er mit Augen voller Wärme und Zärtlichkeit auf sie herab. »Du bist so wunderschön, Rebecca«, sagte er, während sie lächelnd die Arme ausstreckte, nach denen er sich gesehnt hatte, und ihn langsam an sich zog.

Rebecca war nicht prüde und wollte auch keine Standardroutine im Bett. Sie war Experimenten durchaus aufgeschlossen und hatte in Frederik einen Gleichgesinnten gefunden. Langweiligen Blümchensex konnten sie sich beide nicht vorstellen. Sexualität war für beide eine elementare Ebene des körperlichen Ausdrucks der Liebe. Rebecca wertete seine Potenz als Zeichen seines sexuellen Verlangens. Er empfand Lust auf ihren Körper und sie auf seinen. Ihr machte es Lust, wenn er Lust empfand, und ihm bereitete es Lust, wenn er ihre Lust spürte. Beide strebten erstrangig nach Lust, und weil beide Strebungen zusammenfielen, entstand daraus ihre Gemeinsamkeit.

Sie waren in erster Linie ein Körperpaar, das war beiden klar, aber auch ein Seelenpaar. Jeder hatte ein zweites Leben, eine eigene Wohnung mit einem anderen Partner. Sie hatten auch nicht vor, daran etwas zu ändern. So wie es war, war es für sie richtig und gut. Rebecca wollte Frederik nicht manipulieren, weil er so sein sollte, wie sie sich ihn vielleicht wünschte. Oder ihn dominieren, domestizieren, über ihn bestimmen, ihn von ihr abhängig machen durch Sex, Geld oder sonst was, sie wollte ihre gemeinsamen, spärlich gesäten Stunden einfach nur genießen. So lange es eben ging. Sie hatte kein Problem damit, dass er in einer Ehe lebte. Er konnte so oft und viel von seiner Frau reden, wie er mochte, ohne dass Rebecca dies etwas auszumachen schien. Und das gehörte zu den vielen Dingen, die er an ihr mochte. Das schlechte Gewissen, was bei ihr anfänglich seiner Ehefrau gegenüber einschlich, hatte sich längst verflüchtigt. Rebecca fragte sich, warum sie nicht eifersüchtig auf Frederiks Ehefrau war. Schließlich lebte diese mit dem Mann zusammen, den sie liebte. Warum empfand sie keinen Neid? Nur Freude, nur eine täglich wachsende Vorfreude auf das Wiedersehen mit Frederik. Vielleicht war diese Freude so stark, dass sie alle negativen Gefühle ausschloss? Sie wusste keine Antwort. Vielleicht gab es keine Antwort. Vielleicht ist der menschliche Verstand zu klein und zu unwichtig, um das erklären zu können. Warum sollte alles mit dem Verstand erklärbar sein? Rebecca wollte in diesem Moment Frederik einfach nur spüren. Spüren, dass es ihn tatsächlich gab. Sein Begehren auskosten. Sein Begehren machte sie stark. Dabei sein, wenn er stöhnte, sich ganz öffnete und sich von seiner verletzlichsten Seite zeigte. Sie wusste es nicht ganz genau. Für sie waren diese Momente kostbar, weil sie so wenig von ihm hatte.

Unter der Dusche brach der Vulkan schließlich aus, Rebecca war von seiner Lava übersät, und das in einem spartanischem Zimmer des Polizeikommissariates inmitten von Rom ...

Auf die Frage Frederiks, wie es ihr ginge, konnte sie nur nicken,

54

denn ihre Augen fühlten sich mit Tränen. Als ein paar verirrte Tränen der Freude und Überschwänglichkeit über ihre Wangen liefen, riss sie sich zusammen und wischte sie mit ihrer Hand weg.

In dieser Minute fiel ihr ein, was sie einst über Kirche und Eheschließung gehört hatte: Seine Ehe war somit kirchenrechtlich nicht gültig geschlossen worden, da weder sie noch Frederik voneinander ließen und lassen konnten. Doch sie war sich auch bewusst, dass sie unbewusst seine Ehe unterstützte, indem sie ihm das gab, was er in seiner Ehe offenbar vergeblich suchte. Sie störte das nicht weiter. Für sie war Frederik ein freies Lebewesen. Weder Rebecca noch seine Ehefrau oder sonst jemand konnten ihn zum Besitz machen. Ein Mensch kann einem anderen nicht gehören. Das war für Rebecca in der Zwischenzeit zum Grundgesetz geworden.

13 Es war wieder einmal soweit: Frederik hatte zur gleichen Uhrzeit wie Rebecca Feierabend und holte sie vor ihrem Büro ab, um sie bis nach Tiburtina, einer Fahrt von etwa einer halben Stunde, mitzunehmen. Er hatte sie bereits am Nachmittag im Büro angerufen. Sie fuhren, wie auch an diesem Tag, an einer Art Ruine einer ehemaligen Burg vorbei. Rebecca erwähnte scherzhaft, als sie dort vorbeifuhren, dass sie dort vor Jahren einmal ein erotisches Abenteuer erlebt hatte. Frederik schaute sie interessiert an. Ihr fiel auf, dass er vom Gedanken ganz angetan war. Frederik entgegnete, dass Rebecca ihm doch die Ruine zeigen solle. Er würde gerne mit ihr hinaufgehen. Lächelnd erwähnte sie, ihm diese in naher Zukunft zeigen zu wollen.

Drei Wochen später sicherte sie ihm zu, die Ruine zu zeigen. Sie verabredeten sich für den Abend. Zur Ruine führte keine Straße. Rebecca und Frederik konnten zwischen einer langen Strecke für Maulesel oder einem 15-minütigen, anstrengenden, steil anfallendem Fußmarsch entscheiden. Aufgedreht und voller Tatendrang entschieden sie sich für letzteres. Total verschwitzt kamen sie an und wurden belohnt. Sie konnten eine wunderbare Aussicht auf das entfernte Zentrum von Rom genießen. Rebecca verspürte eine sanfte Berührung am Arm und Frederik begann ihr Gesicht zu streicheln. Sie spürte seine erregte Männlichkeit und Frederik begann ihre Bluse aufzuknöpfen.

Sie spürte ihn, sie berührte sein Verlangen, sein pulsierendes Glied, wie er sich in ihr bewegte, wie er nach ihr gierte, seine Bewegungen, seine Begierde, das spürte Rebecca ganz intensiv. Frederik gab sich ihr ganz hin, sie erfuhr seine Stärke, die er intensiv auslebte, vollkommen und ganz, fast mit Gewalt, doch für Rebecca war es nicht Gewalt, sondern Begehren, Verlangen, Mannesmut, Männlichkeit, Potenz, Weg und zugleich das Ziel, unausdrückbar, unaussprechbar ... Es gab kein Wort dafür. Es musste erst ein Ausdruck erfunden werden, um diesen Zustand zu beschreiben.

Sicher hatte sie schon komfortabler geliebt, aber sie war unendlich glücklich, trotz ihrer aufgeschlagenen Knie. Langsam erholten sie sich vom Überschwang ihrer Gefühle und zogen sich rasch wieder an.

Rückwärts nahmen sie den Fuhrweg, welcher länger, aber nicht so steil war. Frederik verhielt sich auffallend ruhig und war lange

Zeit in Gedanken versunken. Er blickte Rebecca mit einem merkwürdigen Gesichtsausdruck an, bis es allmählich aus ihm herausbrach: »Wir hätten heute nicht hierher kommen dürfen, das war ein Lapsus, bitte verzeih mir. Ich fühle mich für meine Frau verantwortlich, ich kann nicht anders.« Rebecca starrte ihn ungläubig an. Sie hatte ihn allerdings auch noch nie derartig herausgefordert. Die Art und Weise, wie er mit ihr sprach, hatte sie wirklich verletzt. Sie zeigte einen Mangel an Respekt, den Rebecca bei ihm noch nie erlebt hatte ... Sprachlos sah sie ihn an. Sie hätte ihm gerne erklärt, dass der einzige, unverzeihliche Fehler gewesen wäre, diesen Augenblick zu verdrängen, nicht erleben zu dürfen, den ihnen das Leben bescherte. Rebecca war sich sicher, dass es solche Glücksmomente selten im Leben eines Menschen gab. Doch sie hatte nicht beachtet, dass sein Denksystem anders funktionierte. Er hatte sich wieder zur Pflicht hinreißen lassen. Das Glückserlebnis mit Rebecca hatte ihn aus der Bahn geworfen. Mit Rebecca hatte er nicht nur miteinander geschlafen, nein, dieses intensive Erlebnis, dieses intensiv erlebte Leben, dieses Abenteuer und diese Unsicherheit, diese Spannung und Erotik hatten ihn wachgerüttelt und tief berührt, ihn an seine Ehefrau erinnert, die so etwas mit ihm nie tun würde ... das wollte er sich nicht eingestehen, da es nicht in sein Lebenskonzept passte. Als ob Rebecca nicht erfahren dürfte, dass das mit seiner Eheschließung ein Fehler war. Er wollte Recht behalten. Er wollte sich vor Rebecca schützen, vor ihr fliehen. Konnte es nicht wahrhaben, dass ihm sein Verstand nicht mehr gehorchte, dass seine Einstellung in sich zusammenbrach. Er wollte das nicht zulassen. Der Verstand sollte siegen. Der gute Wille sollte die Macht behalten. Er hatte es eilig zu seiner wohlgeordneten Welt zurückzukehren. Dort kannte er sich aus. Dort hatte er die Macht. Die Nähe zu Rebecca, die seine Ehe verriet, machte ihm Angst. Das Funkeln in ihren Augen hätte ihm verraten, dass er sich auf gefährlichem Boden bewegte, doch er sah es nicht. Sein etwas herablassender Tonfall machte Rebecca nur noch wütender. Sie wusste, dass er immer noch voller Moralempfinden und Ängste steckte und fest entschlossen war, ein anständiger Mensch zu bleiben, er wollte nicht so werden wie sein Vater, der seine Mutter mit drei Söhnen allein zurückließ. Er wollte dagegen ankämpfen. Zum wiederholten Male. Jedoch Rebecca gelang es unbewusst immer wieder, dass sie unvergesslich für ihn blieb. Sie hatte die nötige Gelassenheit ..., sie hatte die Muße einfach nur zuzulassen und abzuwarten. Doch dieses Mal konnte sie ihn nicht überzeugen. Beim Ausgangspunkt ihrer Wanderung angekommen, war sie einem Wutausbruch nahe, stieg in ihr Auto und brauste in ihrem Wagen, ohne ein Wort zu sagen, lautstark davon. Tränen der Enttäuschung und Wut liefen ihr über das Gesicht, doch diesmal war es ihr völlig gleichgültig. Sie hörte immer noch seine Worte. Sie hörte, dass sie sich abends nicht mehr sehen dürften, da er verheiratet war, und er nicht so werden wollte wie sein Vater, der nie für seine Familie da war. Er käme aber während des Tages gerne in Rebeccas Büro vorbei, um sie zu einem Getränk oder einem Kaffee einzuladen. Doch abends könnten sie sich nicht mehr verabreden. Das ging nicht mehr, dass konnte Frederik einfach nicht mehr verantworten. Rebecca glaubte immer noch im falschen Film zu sein. Nun ging es ihr wirklich schlecht. Sie ärgerte nicht die Tatsache, dass er sich so abrupt von ihr abwandte, sondern deshalb, dass er immer noch nicht verstanden hatte, dass die Liebe anderen Gesetzmäßigkeiten unterworfen war, dass er sich selbst folterte, indem er sein Innerstes bekämpfte. Sie konnte ihm jedoch keinen Vorwurf machen, dass er Dinge noch nicht einordnen konnte, wie Rebecca es inzwischen tat. Es konnte nichts dafür.

Zu Hause angekommen, ließ sie sich auf einen Stuhl fallen und schloss die Augen. Sie saß lange Zeit einfach nur da, starrte in die Dunkelheit und dachte an Frederik. Sie stand noch immer unter dem Eindruck der Ereignisse. Die Enttäuschung, die Verunsicherung und die Angst waren ihr ins Gesicht geschrieben.

Sie musste ihm die nötige Zeit lassen, damit auch er verstehen und lernen konnte, dass sich die Tradition nicht durchsetzen würde. Dass die Liebe anderen Gesetzmäßigkeiten unterworfen war, Frederik schmeckte es nicht, dass er immer wieder auf Rebecca hereinfiel, dass sein Verstand ihm nicht gehorchte, er war doch der Ehemann einer anderen und musste sich an bestimmte Regeln halten. Regeln, die er immer wieder brach, sie nicht einhalten konnte. Er wurde von Selbstzweifeln geplagt, doch Rebecca wollte ihn nicht unter Druck setzen, sie wollte nur die bereits spärlich gesäte Zeit, die sie hatten, genießen. Mehr würde sie nie verlangen. Er konnte nicht verstehen, dass sein Verstand ihn immer wieder verließ, er immer wieder in dieselbe Falle tappte, doch Rebecca wusste, er konnte nicht gegen Naturgesetze ankommen. Das kann kein Mensch, so sehr dieser es auch wollte. Auch Rebecca hatte das schmerzlich erfahren müssen. Aber der Weg, der sich für sie auftat, war mit nichts vergleichbar; der Geruch der Freiheit, wer ihn einmal gerochen hatte, konnte nicht mehr zurück, Rebecca jedenfalls nicht. Er war die einzige Droge, gegen die es keine Therapie gab. Diagnose: untherapierbar. Es war keine Freiheit, die alles nach Gutdünken erlaubte, im Gegenteil, diese Freiheit war reinster, sensibelster und größter Respekt gegenüber jedem Lebewesen, gegenüber der gesamten Schöpfung.

Während sie so dasaß und ihren Gedanken freien Lauf ließ, fragte sie sich, ob es ihm inzwischen Leid tat. Vielleicht würde er sich in den nächsten Tagen melden, denn es sah ihm gar nicht ähnlich, die Sache auf sich beruhen zu lassen. Während sie den Nachthimmel betrachtete und allmählich schläfrig wurde, hoffte sie, dass er seine Worte nicht wirklich ernst gemeint hatte. Er konnte es nicht so gemeint haben ... oder? Sie wollte so gern eine Gefährtin sein, mehr verlangte sie doch nicht. All das konnte er doch nicht vergessen haben? Hatte er sich tatsächlich so weit von ihren gemeinsamen Stunden entfernt? Was war mit dem Mann geschehen, der ihr so vertraut war? Scheinbar betrachtete Frederik ihre gemeinsame Zeit nun als eine Art Versehen. Sie wusste, dass sie jetzt ungerecht wurde, aber sie konnte nicht anders. Seit damals war eine tief greifende Verwandlung in ihm vorgegangen. Er sei erwachsen geworden, so hatte er sich ausgedrückt. Doch dabei war ihm etwas abhanden gekommen ... sein Moralempfinden, ein großer Teil seines alten Selbst, das er so sehr geschätzt hatte. Vielleicht würde sich Rebecca ja besser fühlen, wenn sie erst einmal ein wenig Abstand von Frederik hatte. Sie musste ihre Gedanken ordnen, sich das Gesagte durch den Kopf gehen lassen und versuchen, ihn zu verstehen. Es war einer derjenigen Momente, wo sie manchmal selbst begann, an Naturgesetzen zu zweifeln ... Sie würde die ganze Nacht kein Auge zutun. Keine besonders viel versprechende oder reizvolle Aussicht. In diesen Momenten hatte Rebecca bisweilen den Wunsch, vertrauten Menschen von ihrer Begegnung mit Frederik zu erzählen, doch sie entschloss sich, darüber zu schweigen. Es war besser das Herz nicht auf der Zunge zu tragen. Und außerdem wem sollte sie davon erzählen? Was sollte sie erklären? In diesem Falle wäre eine Kommunikation über ihre Lage nicht hilfreich, sie wäre sicher eher schädlich. Sie wusste, wenn sie ihre Liebesgeschichte jemanden erzählen würde, würde ihre Verbindung mit Frederik auf das rein sexuelle hinunterreduziert werden. »Rebecca, hättest du mir früher davon erzählt, hätte ich dich warnen können. Mit einem verheirateten Mann; das kann ja nur auf das Eine hinauslaufen.«, dies waren die Stimmen, die Rebecca zu hören bekommen würde. Nein, darauf konnte sie verzichten. Doch eines verstand sie dann doch nicht, dass Frauen und Männer ihre Partner/innen verließen, sobald sie fremdgingen ... wenn es anscheinend doch nur Sex war.

Erst kürzlich hatte ihr eine Freundin geraten, endlich Lorenzo zu heiraten. Er sei doch eine gute Partie. Heiraten sei sehr wichtig, um abgesichert zu sein. Finanziell abgesichert, wohlgemerkt. Rebeccas Schlussfolgerung daraus war, dass ihr diese angebliche Freundin erstens die finanzielle Selbständigkeit nicht zutraute und zwischen den Zeilen las sie außerdem, dass diese das auch nicht wollte. Genannte war verheiratet und befand sich nach zwei Jahren Ehe bereits in einer ernsthaften Krise. Der Ratschlag ging sogar noch weiter, und zwar sollte die Ehe mit Lorenzo tatsächlich schief gehen, wäre eine Scheidung im jetzigen Jahrhundert kein großer Aufwand mehr. Rebecca war sprachlos.

Für Rebecca waren diese Aussagen ein Grund mehr ihre Verbindung mit Frederik als Geheimnis zu bewahren. Wie einen Goldschatz. Während Rebecca darüber nachdachte, ging sie auf die Terrasse und ließ den Blick über Rom schweifen. Auch diese Nacht würde vorübergehen, auch wenn sie kein Auge zutun würde.

14

Als Rebecca am nächsten Tag zur Arbeit fuhr, war sie immer noch in trauriger Stimmung. Doch bei all dem Arbeitspensum, was zu erledigen war, fiel niemandem auf, dass sie niedergedrückt war. Sie wusste, dass sie sich allein diesem Thema stellen musste; sie musste selbst eine Antwort darauf finden, sie war es, die es aushalten musste. Ihr konnte niemand helfen. Doch im Laufe des Tages war Rebecca dermaßen im Büro beschäftigt, dass sie kaum Zeit fand, darüber weiter nachzudenken.

Dafür ging es ihr in den nächsten Tagen umso schlechter. Nur mit größter Anstrengung gelang es ihr, die Fassung zu bewahren und sich nichts anmerken zu lassen. Sie hätte jederzeit losheulen können. Sie würde mit Frederik so gerne ein klärendes Gespräch führen, doch sie wusste, jetzt nicht sofort zu handeln, war die klügste Handlungsweise. Auch wenn sie aus unerklärlichen Gründen das Bedürfnis verspürte, ihm zu sagen, dass sie ihn liebte. Sie würde es nicht tun, denn in Anbetracht dessen, was er ihr gesagt hatte, wäre das völlig verrückt gewesen. Und dennoch war diese Liebe etwas, auf die sie beide angewiesen waren und von der sie zu wenig bekamen, von der sie sich zu wenig gaben, zu wenig geben durften. Sie waren nicht Hauptdarsteller einer Telenovela, die ein berauschendes Happyend garantierte. Sie waren in die Wirklichkeit zurückverwiesen worden und mussten das akzeptieren, was die Realität zu geben bereit war. Rebecca war bewusst, dass das genügen musste. Sie durfte nur nicht aufgeben, ihn zu lieben. Solange sie liebte, war alles möglich. Auch mit einem rechtlich anderweitig gebundenen Mann. Ihre Liebe war das Wichtigste. Dessen war sie sich sicher. Die Zeit, Zuwendung und Zärtlichkeit, die sie einander in der Vergangenheit geschenkt hatten, sprachen ihre eigene Sprache, ganz gleich, ob sie ihr trauten oder es vorzogen, sie nicht zur Kenntnis zu nehmen. Auch wenn Frederik sich ihr gegenüber eindeutig ausgedrückt hatte, dass sie nicht auf ihn zu warten brauchte. Dass er dies nicht wollte. Seine Worte hatten Rebecca tatsächlich wieder in die schroffe Wirklichkeit zurückverwiesen und ließen ihr keine Illusionen. Ob sie es wahrhaben wollte oder nicht – sie hatte nicht gedacht, dass das Leben, die ganze Situation ihn wieder einholen würde. Doch wenigstens hatte er ihr aufrichtig gesagt, woran sie war. Frederik war eindeutig und ehrlich zu ihr gewesen.

Doch Rebecca war bewusst, dass Frederik mit der ganzen Situation überfordert sein musste und es tatsächlich auch war. Für Rebecca war es auch nicht immer einfach. Sie hatte Sehnsucht nach den schönen Stunden. Doch die waren vorüber. Sie gehörten der Vergangenheit an. Doch sie wusste, dass das Band, welches sie in der Vergangenheit geknüpft hatten, stark genug sein würde, um der derzeitigen Situation zu trotzen. Nach dem Motto »Seidenfaden halte durch, vielleicht entwickelt sich daraus ein Seil« ... Dessen war sie sich im Klaren. Dennoch waren die Art von Verbindung, die sie nun mit Frederik verband, und ihre Gefühl für ihn ein Rätsel. Er war wie eine Droge, von der sie abhängig war, ohne zu begreifen, wie das hätte geschehen können. Sie brauchten einander mehr, als sie beide zuzugeben bereit waren. Stück für Stück und über eine lange Zeit bewegten sie sich trotz aller Hindernisse aufeinander zu und entfernten sich wieder. Wie ein Pendel. Nähe und Distanz. Und nun befanden sie sich gerade wieder auf Distanz. Die Nähe würde sich dann schon wieder von selbst ergeben. Auch wenn das für Rebecca nur ein kleiner Trost war. Sie wusste auch, dass sie diese Extremsituation wieder nutzen konnte, um sich weiterzuentwickeln und sich selbst weiter kennen zu lernen. Zu erfahren, dass sie solche Begebenheiten wachrüttelten, in das Leben zurückbeorderten. Dass auch sie Situationen ausgeliefert war, die sie an ihre Grenzen brachten, dass die Literatur nicht umsonst die Liebe mit Leiden gleichsetzte. Dass auch sie Trennungsangst empfand, dass negative Gefühle sie aus der Bahn zu werfen drohten. Sie wusste, dass sie sich, seit sie Frederik kannte, weit von sich und ihrem vergangenem Leben entfernt hatte. Dass sie sehr weit davon entfernt war, von dem, was sie immer dachte, glaubte und gelernt hatte, es fühlte sich an wie ein Abenteuer, welches erlebt werden wollte und Mut zum Risiko voraussetzte. Sie wollte mehr davon wissen. Sie dachte jetzt auch an Frederiks Ehefrau. Sie hatte es gut, für sie war er immer abrufbar. Sie hatte gesetzlich das Recht, aber musste Recht zwingend etwas mit Liebe zu tun haben? Wie es aussah, nein. Beziehung und Ehe grundsätzlich auch nicht. Rebecca hatte Frederik wieder einmal gehen lassen und erlebte, dass sie freundlich, einfühlsam und liebevoll war. Es gab nur diesen Weg. Warum Hassgefühle? Weil er der Situation nicht gewachsen war? Sie liebte ihn doch trotzdem. Sie erkannte plötzlich, dass sie trotz ihrer misslichen Lage nicht mit seiner Ehefrau tauschen wollte, es noch nie wollte und auch nie wollen würde. Sie hatte sich noch nie etwas vorgemacht. Rebeccas Einstellung, dass ein anderes Lebewesen einem Menschen nie gehören würde, ihr würde Frederik nie gehören, Frederik würde seiner Ehefrau auch nie gehören, verstärkte sich somit. Sie empfand es als Utopie an einem lebendigen Menschen Exklusivrechte haben zu wollen, auch wenn sie wusste, dass das bei ihren Freundinnen und Bekannten ganz normal war. Sie stellte fest, dass sie und Frederik getrennt waren, als sie sich kennen gelernt hatten, auch danach waren sie auf vielen Gebieten getrennt und nur in manchen nah. Sie hatten bisher noch keine gemeinsame Nacht erlebt. Manchmal sehnte sie sich nach einer Nacht mit ihm. Sie wollte ihn beobachten, wenn er schlief. Diese Gedanken zauberten ein leises Lächeln auf ihr Gesicht. Welche Wünsche sie doch hatte. Doch jetzt waren sie erneut getrennt. Sie war sich bewusst, dass es im Leben grundsätzlich immer nur zwei Möglichkeiten gab: entweder sich zu verbinden oder sich zu entzweien. Im Übrigen hatte sie mit allen ihren ehemaligen Partnern ein freundschaftliches Verhältnis. Sie pflegte ihren Kontakt mit ihnen, hörte sie sogar ab und zu. Andere Alternativen gab es nicht. Sie schätzte Frederik. Sie würde ihm alle Zeit der Welt lassen, die er brauchte, um Klarheit zu gewinnen. Sie wollte diese Liebe nicht durch Überforderung ruinieren. Sie ließ ihn somit los. Wieder einmal. Ihre Liebe hatte noch nie damit zu tun gehabt, sich zu überlegen, ob man eine Ehe eingehen könnte. Sie war davon unabhängig. Sie genügte sich selbst.

Ihr erneuter Blick in ihre Vergangenheit bestätigte ihr, dass sie damals ein anderer Mensch gewesen war. Damals als sie Frederik noch nicht kannte. Was war aus diesem Menschen geworden? Was war aus ihr geworden? Wo war die eifersüchtige, klammernde Frau mit dem Sicherheitsdenken geblieben? Rebecca wusste, dass sie noch irgendwo existierte, erfreulicherweise musste sie sich eingestehen, dass sie ihr fremd geworden war. Spätabends auf ihrem Balkon fragte sie sich nun, wie sie früher mit ihrem Leben so zufrieden sein konnte. Sie hatte es nicht anders gekannt. Nicht anders erlebt. Sie war froh darüber, dass sie sich so weit von alldem entfernt hatte, was sie einmal so sehr belastet hatte. Einige Erinnerungen standen ihr so lebendig vor Augen. In ihrer Einsamkeit dachte sie an ihre Vergangenheit. Früher, als Rebecca ein Problem gehabt hatte oder in einem Konflikt gewesen war, dann hatte sie immer dazu geneigt, andere um Rat zu fragen, eine gute Freundin, einen guten Bekannten, die Mutter, jemanden, der vielleicht viel Lebenserfahrung besaß. Ein anderer hatte ihr sagen sollen, wie er das oder jenes sah, welche Meinung er dazu hatte, und er hatte ihr einen Rat geben sollen. »So spielt das Leben« ... »Mach dir nichts draus. Du solltest positiv denken. Wer weiß, wofür es gut ist« ... oder »Viele Mütter haben Söhne« ..., doch diesmal hatte Rebecca keinen Bock auf diese Allerweltsweisheiten. Wen sollte sie sich anvertrauen? Viele in ihrem Bekanntenkreis steckten selbst in ihren Beziehungsproblemen fest, sie konnte keine echte Hilfe erwarten. So entschied sie sich wiederum zu schweigen. Abzuwarten. Anzunehmen. Und wenn sie jemanden von Frederik und ihr erzählen würde, würde sie als liebes- beziehungsweise beziehungsgeschädigt gebrandmarkt werden. Darauf hatte sie wirklich keine Lust. Sie hörte immer noch die Stimmen ... »er nutzt dich nur aus« ... »du hast was Besseres verdient« ... »was hast du für eine Unvernunft begangen«..., sie konnte es nicht hören. Es war das erste Mal, dass sie niemanden von einer Liaison erzählte, aber ihre Freundschaft mit Frederik war etwas, was sie mit niemanden teilen wollte. Außerdem konnte die Realität, falls sie in die falschen Hände geriet, eine gewisse Brisanz entwickeln, weswegen Rebecca beschloss, auch in Zukunft niemanden einzuweihen.

Rebecca war dabei mit den früheren Kapiteln ihres Lebens definitiv abzuschließen. Erfreulicherweise war sie auf dem besten Wege dahin, egal, wie viele Menschen sie zurückholen wollten, wie sicher es gewesen war und wie sie dafür bewundert wurde.

Mehr schlecht als recht vergingen die nächsten zwei Monate. Sie gehörten zu den längsten ihres Lebens. Von Frederik hatte sie immer noch kein Lebenszeichen. Langsam fand sie sich mit dem Gedanken ab, ihn vergessen zu müssen. Sie konnte ihn zu nichts zwingen. Das konnte und wollte sie nicht. Doch tief in ihrem Inneren ließ er sie nicht los. Sie glaubte nicht, dass sie ihm nichts bedeutet hatte. Dass es ihm nichts ausmachte. Sie wusste, dass die Dinge manchmal ganz anders waren, als sie zu sein schienen.

15

Es war inzwischen Mitte Juni. In Rom sorgten hochsommerliche Temperaturen für Stromausfälle. Schuld daran waren die zahlreich installierten Klimaanlagen. Auch Rebecca fühlte sich in ihrem gekühlten Büro wohl. Sie hatte immer einen perfekt durchorganisierten Schreibtisch, alles lag an seinem Platz. Doch heute brauchte sie länger als gewöhnlich, ihre Unterlagen für eine interne Firmenbesprechung zusammenzustellen. Sie vernahm, dass sich ihre Bürotür öffnete und schaute kurz auf. Nur Sekunden später – zumindest kam ihr das so vor, sah sie Frederik vor sich stehen. Sie machte den Eindruck, als wäre sie einem Geist begegnet. Ihr Gesicht war so durchsichtig wie der leere Obstteller, der vor ihr stand. Sie verspürte ungeheure Freude und Erleichterung, als sie ihn so vor sich stehen sah. Er trug einen Dreitagebart, welcher durch die einstrahlende Sonne rötlich schimmerte. Rebecca stieg die Röte ins Gesicht. Sie hatte ihn so lange nicht gesehen. Sie spürte dieselbe elektrisierende Spannung, die von Anfang an zwischen ihnen herrschte.

Nach einem kurzen Hallo fragte Frederik Rebecca, ob sie sich später sehen könnten. Seine Stimme war sanft, es war jene Stimme, an die sie sich so gut erinnerte. Rebecca entgegnete, dass sie jetzt in eine Sitzung müsse, anschließend habe sie aber Zeit. Er wolle sie gerne nach Hause fahren, um sich wieder einmal mit ihr zu unterhalten, mit ihr zu sprechen, tat er bestimmt kund. Nachdem er gegangen war, trat sie an das Fenster und blickte auf die Straße hinunter. Sie sah Frederik weggehen, er wirkte sehr vertraut und sie versank in Gedanken. Er wollte sie wohl nicht als Freundin verlieren. Rebecca fragte sich in diesem Moment, warum sie Frederik gegenüber die Leidenschaft und Liebe erhalten konnte, warum sie genau ihn immer noch so liebte wie am ersten Tag. Warum genau ihn? Weil er gebunden war und sie ihn nie ganz würde haben können? War das der Anstoß? Weil sie keinen gemeinsamen Alltag hatten und somit nicht im Alltagstrott versinken konnten? Oder Verwandtenbesuche über sich ergehen lassen mussten, sich anpassen und immer ganz nett und lieb sein mussten, um nicht als asozial zu gelten? Sie wusste, an was sie dachte. Ihre letzten Beziehungen waren daran gescheitert. Die Liebe war ihr jedes Mal abhanden gekommen. Die Erklärung, dass sie vielleicht nicht richtig geliebt haben könnte, konnte sie nicht gelten lassen.

Für Rebecca gab es nur Nichtliebe oder Liebe. Mit ein bisschen Liebe konnte sie nichts anfangen, dann war es mögen. Mögen hatte für sie eine ganz andere Bedeutung, sie mochte ihre Arbeitskollegen, ihre Brüder, ihre Schwester oder den Nachbarsjungen. Das war für sie nicht Liebe. Mögen konnte sie deklinieren, Liebe nicht. Sie hatte alle geliebt, mit denen sie geschlafen hatte, intim wurde. Sie grübelte oft über den Zeitpunkt nach, ab welchem ihr die Liebe diesen Partnern und auch Lorenzo gegenüber abhanden gekommen war. Die Liebe hatte sich plötzlich zurückgezogen, so wie sie gekommen war. Die Liebe hatte sie als hochsensibel erlebt. Sie fand keine klare Antwort, stieß aber auf viele Erklärungsversuche. Rebecca war in ihrer Kindheit ein braves, angepasstes Kind. Das wurde zuerst von ihren Eltern, dann von der katholischen Kirche und von ihren Lehrpersonen erwartet. Erst mit zwanzig Jahren begann sie langsam diese Zwangsjacke auszuziehen. Sie wollte endlich authentisch und selbständig sein. Das stellte sie erst fest, als sie an ihre Grenzen ging. Oder gehen musste. Sie stellte fest, dass wenn man in einer Partnerschaft lebte, die Liebe verlor. Das man in Krisen geriet. Rebecca wurde bewusst, dass in der Zweisamkeit keine Therapie für ein nicht gelungenes Alleinsein lag. Sie hatte das lange geglaubt, ersehnt und erhofft, und so konnte sie in den vorangegangenen Beziehungen die Krise der Zweisamkeit nicht vermeiden. Ihr kam es vor, als war diese Krise gesetzmäßig in ihren Zweierbeziehungen einprogrammiert. Von ihren Mitmenschen wurde ihr eingetrichtert, dass sie die Liebe einfangen solle wie einen Schmetterling im Netz, dass sie die Liebe festhalten solle, damit sie ihr nicht entwische. Doch Rebecca hatte die Erfahrung gemacht, dass sie sich nicht einfangen ließ, dass sie dann immer an Lebendigkeit, Ursprünglichkeit und Frische verlor. Ihre Liebe für Frederik legte dafür wohl Zeugnis ab.

Frederik hatte Rebecca, seit sie sich kannten, noch nie um etwas gebeten oder sie auf irgendeine Weise bedrängt. Doch dasselbe galt für Rebecca. Sie war einfach nur da, als er sie angerufen hatte, mit ihrer beruhigenden Stimme und einfühlsamen Art, und das war genau das, was er wohl brauchte. Das war es, was ihm in den letzten zwei Monaten der totalen Abstinenz vielleicht gefehlt hatte. Sie verhielt sich ihm gegenüber immer neutral. Sie wertete nicht, verurteilte nicht. Ließ ihn ... Ihr wurde bewusst, dass es richtig war, sich zurückzunehmen und ihn in Ruhe zu lassen, ihn zu sich kommen zu lassen. Ihn nicht zu bedrängen. Selbst wenn man noch so ruhig und vernünftig sein wollte, siegte in manchen Situationen die Emotion. Auch wenn es schwierig für Rebecca war und ihr der Verstand manchmal vorwurfsvoll in ihre Augen sah. Er war zurückgekehrt. Zufrieden und mit den Unterlagen unterm Arm ging sie dann in die Sitzung.

Als Rebecca aus der anstrengenden Sitzung kam, sagte die Empfangsdame am Telefon, dass eine männliche Stimme dreimal für sie angerufen habe. Rebecca ging in ihr Büro und versuchte Frederik telefonisch zu erreichen. Für sie war klar, dass es nur um ihn handeln konnte. Sie erreichte ihn auf Anhieb. Sie hatte Recht. Frederik sagte, dass er es bis zu ihrem Arbeitsende doch leider nicht schaffen werde, da eine dringliche Angelegenheit hereingekommen sei. Doch er bestand darauf, Rebecca an diesem Tag noch zu sehen. Sie verabredeten sich für später. Sie fixierten eine Uhrzeit für Tiburtina. Falls Rebecca nichts mehr hören sollte, würde es in Ordnung gehen.

Als Rebecca am vereinbarten Treffpunkt ankam, war von Frederik noch weit und breit nichts zu sehen. Auf einmal tauchte ein Auto der Straßenpolizei auf. Rebecca beachtete es nicht weiter. Plötzlich öffnete sich ihre Autotüre und Frederik stieg ein. Er hatte ohne Genehmigung mit dem Dienstauto die Kaserne verlassen. Er sagte abermals, dass er Rebecca unbedingt sehen musste.

Es war zwar immer noch im Dienst, hatte aber kurzfristig entschieden, sich eine Ausrede einfallen zu lassen, um sich für einige Stunden vom Arbeitsplatz stehlen zu können. Frederik hatte förmlich Zeit erfunden, Zeit, die er eigentlich nicht hatte. Rebecca mochte gar nicht an eventuelle arbeitstechnische Konsequenzen denken.

Ein wenig panisch startete sie ihr Auto und fuhr davon. Sie wollte nicht von Passanten mit dem Polizeiwagen in Verbindung gebracht werden, mit welchem Frederik gekommen war.

An einen abgelegenen Ort außerhalb von Tiburtina parkte Rebecca das Auto. Die Fahrt war wortlos verlaufen. Dort öffneten sich die Fesseln und sie begannen sich intensiv zu küssen und sich gegenseitig auszuziehen. Doch ihr Liebesspiel wurde jäh unterbrochen. Frederik bemerkte, dass sich ein Auto näherte. Erschrocken zogen sich rasch an, als ob der Teufel hinter ihnen her sei. Rebecca saß noch Minuten später der Schreck in den Knochen, während Frederik das Steuer übernahm und sie weiter in das Dickicht fuhren. Sie befanden sich bereits außerhalb Roms. »Hier müssten wir sicher sein«, kommentierte Frederik amüsiert. Rebecca bejahte vorsichtig und sie begannen wieder von vorne. »Du hast mir gefehlt, ich habe oft an dich gedacht ...«, flüsterte er ihr ins Ohr und begann sie überall zu streicheln. Im Zentrum der Lust angekommen, sagte sie, dass sie ihn begehren und ihn wollen würde. Er drang tief in sie ein und stöhnte laut auf. »Wir müssen das öfter machen, uns öfter treffen und lieben«, ächzte er voller Begierde.

Es tat ihm leid, dass er schon fahren musste. Er war immer noch im Dienst und hoffte, dass er am Arbeitsplatz noch nicht vermisst wurde. Das könnte weitreichende Konsequenzen haben; im schlimmsten Falle könnte dieser Regelverstoß nicht nur Frederiks Kündigung, sondern auch rechtliche Konsequenzen zur Folge haben. Rebecca war der Meinung, dass das Sprichwort: »Wo ein Wille ist auch ein Weg« nicht so strapaziert werden dürfe. »Mich wundert nicht, dass die Staatsschulden jährlich ansteigen, wenn die italienische Staatspolizei für solche Dienste von Steuergeldern finanziert wird«, erwiderte Rebecca mit einem Blinzeln.

Rebecca war erst wieder wohl, als sie Frederik mit seinem Dienstauto davonfahren sah.

Zwischen ihnen gab es kein Versprechen, wann sie sich wiedersehen würden, und keine Anspielungen auf eine mögliche Affäre. Frederik hatte sich ihr gegenüber äußerst umsichtig verhalten, war freundlich und interessierte sich für alles, was sie die letzten Monate getan hatte. Für Rebecca war er in vielerlei Hinsicht wie ein Geschenk des Himmels.

16

Es durfte sich nur mehr um Minuten handeln, dann würde Frederik vor der Tür stehen, um Rebecca abzuholen. Sie hatten sich in ihrer Wohnung verabredet. Zum Fischessen in Trastevere. Lorenzo befand sich auf einem Kongress in der Schweiz.

Es klingelte. Rebecca sprang auf und ging zur Tür. Sie öffnete sie – und sie stand vor Frederik. Ein intensives, warmes Strömen ging durch ihren ganzen Körper. Ihre Blicke strömten glühend ineinander. Sie umarmten sich, als würden sie sich nie mehr loslassen wollen. Rebecca genoss den Körperkontakt mit Frederik. Sie erlebte mit ihm eine erotische Anziehung, die sie bisher so noch nicht gekannt hatte. Sie war durch ihn sinnlich aufgeblüht. Dagegen kam ihr Lorenzo im Bett wie eine hölzerne Puppe vor. Frederik war ein emotionsgeladener Mensch, er hatte etwas Belebtes, etwas, was Lorenzo niemals haben könnte; er war eben der typische Rationalist, ein Kopfmensch. Der typische Manager wie er im Bilderbuche stand. Frederik hingegen war spontan, kreativ, irgendwie unberechenbar, emotional, sensibel, und er stand dazu. Er sagte zwar immer wieder, dass er schwach war, eben ein Mensch aus Fleisch und Blut. Lorenzo dagegen gab ihr Sicherheit und Beständigkeit. Scheinsicherheit, wie Rebecca nun fand. Frederik hingegen gab ihr überhaupt keine Sicherheit, aber das Gefühl von Dynamik. Eine Dynamik, die sich in Gang setzte und sich durch nichts aufhalten ließ. Er tat ihr so gut. Rebecca wusste, dass sie nicht nur eine gute Freundin für ihn war, sie war die Frau, die er begehrte und von der er träumte. Er träumte von ihr, das hatte er ihr erzählt. Sie träumte auch von ihm.

Sie gaben sich einen Begrüßungskuss und verließen die Wohnung Richtung Trastevere.

Trastevere bezeichnet den Stadtteil Roms »jenseits des Tibers«, also am rechten Ufer. Trastevere ist der volkstümlichste Stadtteil, aber auch jener der Boutiquen und Restaurants. Dort kannte Rebecca ein kleines, sehr gepflegtes, rustikales Fischrestaurant mit einem hervorragenden Preis-Leistungsverhältnis, welches jenseits der Landesgrenzen hinaus geschätzt wurde. Rebecca hatte dort vor Tagen einen Tisch reserviert. Rebecca barst geradezu vor guter Laune und konnte es kaum erwarten, Frederik dieses Lokal zu zeigen. Sie fühlte sich, als hätte sie das erste Rendezvous mit ihm. Im Grunde fühlte sie sich immer so, wann sie ihn sah.

Tausende von Sterne standen am Himmel und der Kellner führte sie auf die Terrasse, welche von Zierpalmen umringt und mit vielen Kerzenlichtern übersät war. Rebecca empfand es als romantisch, vielleicht schon ein wenig kitschig. Aber Kitsch ist relativ. Fundamental liegt immer alles im Auge des Betrachters.

Rebecca war Frederik bei der Menüauswahl behilflich. Sie bestellten Hummercremesuppe als Vorspeise, als Hauptgericht Seezungenfilet in Weißweinsauce für Rebecca und Wolfsbarsch in Salzkruste für Frederik und zum Abschluss die Dessertkreation des Hauses. Es war lange her, dass Rebecca und Frederik gemeinsam so vornehm speisten.

Während der Kellner ihnen den gewählten Weißwein einschenkte, fragte Frederik unvermittelt: »Wie geht es Lorenzo?« Er warf Rebecca einen fragenden Blick zu. »Ich werde ihn verlassen«, sagte sie mit bestimmter Stimme. »Ist es dir tatsächlich ernst damit, Rebecca?«, fragte Frederik vorsichtig, während die Vorspeise serviert wurde. »Du weißt, dass du das nicht tun musst.« »Ja, aber ich möchte es. Ich muss es tun. Für mich. Für ihn. Ich habe keine andere Wahl. Ich kann seine Erwartungen nicht mehr erfüllen. Ich werde ihnen nicht mehr gerecht. Ich habe mich zu weit von ihm entfernt. Ich würde die Beziehung nur halbherzig aufrechterhalten. Er verdient es, geliebt zu werden.« »Ich bewundere dich für deine Konsequenz«, erwiderte Frederik mit ernster Stimme. Sie wusste, dass er dabei an seine Ehe dachte, aus dessen Fesseln und Verstrickungen er sich nicht befreien konnte. Rebecca war ihm deswegen nicht böse. Er musste sich mit seiner Inkonsequenz arrangieren, und das machte es für ihn sicher nicht einfacher.

Der Kellner brachte die Hauptspeise und musterte dabei Rebeccas Gesicht mit fast aufdringlichem Interesse. Frederik fand, dass sie wieder einmal bezaubernd aussah.

Sie unterhielten sich auch über Frederiks Ehefrau. Rebecca entnahm seinen Worten und Ausführungen, dass sich seine Ehe bereits im Sumpf der Gewohnheit befand. So traurig es auch war, Frederik erzählte, dass er und seine Frau schon vor Beginn ihrer Ehe keine starke erotische Anziehung zueinander verspürten. Sie hatten sich immer gut verstanden, gemeinsame Interessen entdeckt, Pläne geschmiedet und Ziele gesteckt. Sie kannten sich, seit sie Kinder waren. Sie waren förmlich miteinander aufgewachsen und ihre Kameradschaft und Freundschaft hatte sich mit den Jahren verstärkt. Sie teilten eben eine große Vergangenheit und das hatte für Frederik einen hohen Stellenwert. Rebecca versuchte, ihn zu verstehen, was sie letzten Endes auch tat, aber das war nicht ihre Welt. Sie würde daran zugrunde gehen. Doch das brauchte sie nicht, für sie war es selbstverständlich, dass jeder Mensch die Freiheit haben musste, selbst über das eigene Leben entscheiden zu dürfen. Und das hatte sie immer schon getan. Danach wendeten sie sich erfreulicheren Gesprächsthemen zu, und Rebeccas und Frederiks Gaumen wurden nach Strich und Faden verwöhnt, das Essen war ohne Zweifel exzellent.

Nachdem Rebecca die Rechnung beglichen hatte, verließen sie das Restaurant. Es war inzwischen angenehm kühl. Sie gingen schweigend Hand in Hand zu Frederiks Auto zurück. Als sie es erreichten, hörten sie das Schlagen der Kirchturmuhr der »Santa Maria in Trastevere«, Roms ältester Marienkirche aus frühchristlicher Zeit. Sie stiegen ein und Frederik fuhr los. Rebecca lud Frederik noch zu sich nach Hause ein. Er sagte gleich zu, auch wenn er am nächsten Tag wieder früh raus musste. Die Fahrt dauerte nicht mehr lange, und sie verbrachten sie schweigsam. Rebecca wurde langsam, aber sicher bewusst, dass sich ihr Herzschlag deutlich beschleunigte.

Es war schon lange her, dass er Rebecca in der Wohnung besucht hatte. Sie war erst vor zwei Wochen in der Wohnung von Frederik gewesen, seine Ehefrau war indes verreist. Laut Aussage von Frederik befand sie sich mit zwei Freundinnen bei einem Wellnessurlaub. Dies lag gerade voll im Trend. Rebecca hatte sich ab diesem Zeitpunkt vorgenommen, Frederik nicht mehr in seiner Wohnung zu treffen. Es war einfach zu riskant. Das war es nicht wert. In flagranti ertappt zu werden. Sie konnte es nicht mehr verantworten, auf diese Art und Weise beinah alle Träume seiner Ehefrau zu zerstören, das würde einen Skandal geben. Sie durfte nie von ihnen, von ihr erfahren. Von Rebecca würde sie nie davon erfahren. Das war nicht ihre Aufgabe.

Rebeccas Wohnung war klar strukturiert, modern, aber sehr gemütlich eingerichtet. Sie liebte gerade Linien und hasste jeglichen Schnickschnack. Sanfte Farben der Wüste, von Safrangelb bis Terrakottafarben, kombiniert mit weißen Elementen dominierten den Wohnbereich. Der Kamin im Wohnzimmer reichte bis zur Decke – Stein um Stein afrikanisch. Alles Natur. Das war die Handschrift eines bedeutenden afrikanischen Designers. Rebecca fand, dass übermäßige Einrichtungsgegenstände ihren Energiefluss lähmten. Wenn sie so andere Wohnungen sah, hatte sie oft das Gefühl der Enge, da diese oft viel zu überladen waren, von allen möglichen Staubfängern. In ihrer Wohnung hallte ihre Persönlichkeit von allen Wänden wider. Das Appartement hatte ungefähr eine Größe von hundert Quadratmetern, welches aus einem großzügigen Wohnraum, einer Mini-Küche, einem Schlafzimmer und einem Bad bestand. Doch ihr ganzer Stolz war die große Terrasse im letzten Stock des Fünfetagegebäudes am Rande Roms. Zahlreiche Pflanzen in großen Terrakotta-Töpfen, darunter auch mehrere große, prächtige Palmenarten, verliehen der Terrasse ein geschmackvolles, ästhetisches Ambiente. Ein runder Tisch in der Mitte und vier großzügige, elegante Rattan-Sessel luden zum entspannten Flanieren und Lesen ein.

Rebecca führte Frederik zur Wohnecke, wo bequeme Stühle und zwei breite, elegante Sofas standen, die mit weißem Leinen bezogen waren.

»Setz dich. Was möchtest du trinken?«, fragte Rebecca mit einem zärtlichen Unterton in ihrer Stimme. Frederik entschied sich für ein Glas Mineralwasser. Sein Bedarf an Alkohol war gedeckt. Zum Fisch hatten sie eine Flasche exzellenten Weißwein getrunken. Es war ein angenehmer, frischer Weißwein mit ausgewogenem Körper und hellgelb bis grünlicher Farbe, einem delikat fruchtigen nach Pfirsich, grünem Apfel und Aprikosen duftenden Bouquet und einem trockenen und aromatischem Geschmack.

Mit einem geheimnisvollen Lächeln machte sich Rebecca in der Küche zu schaffen. Als sie zurückkam und die Getränke hinstellte, nahm Frederik sein Glas in die Hand, führte es mit einer ruhigen Bewegung zum Mund, trank und stellte es wieder ab. Rebecca beugte sich vor und legte ihre Hände auf seine Schultern. Er strecke seine Hände aus und umfasste zärtlich ihren Kopf. Sie sahen sich lange in die Augen. Rebecca beobachtete genau jede seiner Bewegungen und verspürte das plötzliche Verlangen ihn weiter zärtlich zu berühren. Er sah sie an, als hätte er ihren Wunsch gespürt. Sie wollte ihn verführen, und Frederik verspürte den Wunsch, Rebecca zu erobern. Ihre gegenseitige erotische Anziehung war äußerst stark ausgeprägt und verband ein großes leidenschaftliches Ereignis. Die Basis stimmte. Sie ließen es geschehen. Ihre Vereinigung war unermüdlich, energiegeladen und voller Leidenschaft. Rebecca war bereit, Frederik in sich aufzunehmen, ihn auch seelisch in sich eindringen zu lassen. Sie nahm Frederik ganz in sich auf, ließ sich ganz auf ihn ein, ohne zu wissen, wie er auf ihre Offenheit reagieren würde. Sie wusste, sie konnte nicht einerseits lieben, also ganz für Frederik geöffnet sein, und andererseits geschützt davor sein, von ihm verletzt zu werden. Geschützte Sicherheit und Liebe ... Rebecca fand, dass beides nicht möglich war. Für Rebecca war zu lieben wichtiger als der Schutz ihrer Verletzlichkeit. Sie überwand die Angst vor Frederik, sie wusste eine Gewähr für Sicherheit, und Schutz ihrer Verletzlichkeit gab es nicht. Rebecca wollte nicht tot sein, denn nur dann war der Mensch nicht mehr verletzbar. Ein Leben ohne Verletzlichkeit, eine Liebe von Verletzbarkeit gab es nicht, das wäre genauso, als würde sie ein Feuer suchen, das sie wärmte, ohne die Flamme riskieren zu wollen. Seit Rebecca Frederik kannte, wurde ihre gesamte Persönlichkeit, ihre Gefühle, ihre Wahrnehmung, die Erlebnisse ihrer Sinne, lebendiger. Überhaupt erst lebendig. In ihrer Beziehung mit Lorenzo, in dieser ausgelieferten Sicherheit und dem Schutz, so wie in Watte gepackt und gehüllt, war sie stumpf, verkrampft, angespannt, unlebendig, der gefühlsmäßige Tod war immer näher gerückt. Doch in den nächsten Tagen würde sie mit ihm Tacheles reden. Sie war ihrem inneren seelischen Tod nochmals von der Schippe gesprungen. Das Leben hatte sie wieder.

Frederik begann sich anzuziehen, setzte sich zu Rebecca aufs Sofa und legte seine Hand zärtlich auf ihren Arm. »Rebecca, es fällt mir sehr schwer, jetzt zu gehen. Es ist völlig gegen mein Gefühl. Aber ich habe meiner Frau versprochen, vor Mitternacht zurückzukommen und unangenehme Frage möchte ich vermeiden.« Rebecca störte das nicht weiter. Sie lächelte und beugte sich zu ihm hinauf und zog Frederik an sich, um ihm einen Abschiedskuss zu geben.

Sie begleitete ihn noch zur Tür und er ging hinaus in die erleuchtete Nacht Roms. Sie war einfach zu glücklich, um über seinen plötzlichen Aufbruch traurig zu sein. In ihrer Wohnung gab es nur ihre Liebe und nur das zählte in diesem Moment für Rebecca. Sie hatten, seit sie sich kannten, noch keine gemeinsame Nacht verbracht. Rebecca machte sich auch keine Illusionen darüber, wenn sie auch gespannt war, ob er denn schnarchte. Sie wusste es nicht. Was sollte Frederik seiner Ehefrau sagen? Dass er im Polizeikommissariat übernachtete? Das wäre einfach zu kompliziert.

Nachdem er gegangen war, lag sie noch lange wach und lauschte den Worten der Nacht. Im Augenblick war das alles, was sie wollte. Welch ein Abend, dachte Rebecca, als sie auf ihrem Bett lag. Sie schloss die Augen und versuchte, sich Frederiks Gesicht so tief wie möglich einzuprägen. Sie hatte kein Foto von ihm. Sie würde vor Freude, Glück und Erregung am liebsten losheulen. Ihre Augen wurden wässrig und eine dicke Träne rollte über ihre linke Wange. Sie würde so gerne nochmals seinen Kopf und anschließend sein Gesicht berühren und sich treiben lassen. Ohne Hemmungen. Ihr ganzer Körper vibrierte. Sie war überwältigt. Es zählte nur er, jede Faser seines Körpers, sonst nichts. Alles andere war und blieb unwichtig. Es zählten nur diese Momente. Er war in gewisser Weise unergründlich, nicht einschätzbar, immer wieder neu, das liebte sie besonders an ihm. Sie hatten ein Geheimnis, von dem niemand wusste. Warum konnten sie nicht voneinander lassen? Sie wusste keine Antwort. Es gab keine Antwort. Warum suchte sich der Schmetterling gerade diese und nicht jene Blume aus und setzte sich darauf? Darauf gab es auch keine Antwort. Ihre Körper suchten sich und sie fanden sich. Immer wieder. Sie gehörten einfach zusammen. In diesem Moment. Der Verstand schwieg. Auch er hatte Respekt davor, trotz aller moralischen Vorbehalte.

Rebecca lag noch immer wach im Bett und ließ bestimmte Momente des Abends immer wieder in ihr nachklingen, vor allem den gemeinsamen Liebesrausch in ihrer Wohnung. Mit diesen Gedanken schlief sie ein, bis sie aufgrund eines starken Vibrierens im Unterleib erwachte. Sie hatte einen Orgasmus, hervorgerufen von einem Traum. Sie versuchte sich intensiv daran zu erinnern. Langsam entstanden erste Umrisse dieses seltsamen Traumes, an den sie sich nur noch vage erinnerte. Frederik war daran beteiligt. Die Umrisse wurden immer klarer. Es war ein wundervoller Traum, zu phantastisch, um ihn beschreiben zu können. Sie waren zusammen geschwebt, geflogen, in einem Himmel voller sich prächtig öffnender Kulisse, in tiefer Liebkosung – und mit welch einer Freude! Es war reine Schönheit. Sie hatte noch nie einen solchen Traum gehabt.

17 Als Rebecca am nächsten Tag erwachte, war der Himmel grau und düster. Es regnete in Strömen, und der heftige Wind machte jeden Regenschirm nutzlos. Es wäre der perfekte Tag, mit Lorenzo offen und ehrlich zu reden. Die Situation zu klären. Doch er kam erst in zwei Tagen aus der Schweiz zurück.

Es klingelte das Telefon. Es war Lorenzo. Er teilte kurz mit, dass er früher als geplant vom Kongress zurückkäme, da ein Referent krankheitsbedingt ausgefallen war. Lorenzo bat Rebecca, ihn vom Flughafen »Fiumicino« abzuholen. Er wollte kein Taxi nehmen. Rebecca sagte gleich zu. Es war Samstag und sie musste nicht zur Arbeit. Rebecca dachte kurz daran, wie Glück und Tragik doch beieinander liegen konnten. Ironie des Schicksals. Sie hatte sich definitiv vorgenommen, ihm die Wahrheit zu sagen. Sie konnte nicht mehr zurück. Sie hatte ihm diese schon zu lange verschweigen. Sie war bereit.

Als Rebecca Lorenzo erblickte, atmete sie tief durch, hob den Kopf und sah in den von dichten, hellgrauen Wolken versperrten Himmel. Sie hatte keine Wahl, sie musste nun mit ihm sprechen.

Nach einem kurzen Hallo und einem flüchtigen Kuss in ihrem Auto schwieg sie einen Augenblick, um die richtigen Worte zu finden, blickte ins Leere, ehe sie begann. Dann sagte sie Lorenzo, dass sie ihn nicht mehr liebe. Aber dass sie gern mit ihm befreundet bleiben würde, er könne auch noch weiterhin bei ihr in der Wohnung bleiben, bis er was Passendes gefunden habe. Falls er das wünsche.

Lorenzo wurde windelweiß und war sich im ersten Moment der Ernsthaftigkeit ihre Aussage nicht bewusst, bis er nach einiger Zeit reagierte. Er starrte sie fassungslos an und sah in ein entschlossenes Gesicht, welches er von Rebecca so nicht kannte. Ihr war es ernst, das spürte er vehement.

Er begann zu weinen und zu schluchzen, aber nicht lange. Sie hatte in diesem Moment das erschreckende Gefühl, als würde sie den Mann, mit dem sie so lange unter einem Dach gelebt hatte, überhaupt nicht kennen. Er hatte noch nie geweint. Das waren die ersten Tränen, die er vergoss, seitdem sie sich kannten und daher erschrak Rebecca im ersten Moment. Ihr war bewusst, dass sie ohne Zweifel freundschaftliche Gefühle für Lorenzo empfand, aber keine Liebe mehr. Sie teilte ihm das nochmals schonend mit. So saßen sie lange da, ohne ein weiteres Wort, Rebecca hatte in der Zwischenzeit eine Parklücke gefunden und den Motor abgestellt. Rebecca spürte erleichtert, wie Lorenzo langsam innerlich zu sich kam, wie das Leben wieder in ihn zurückströmte. Lorenzo entgegnete, dass er sich schuldig fühle, da er sie in letzter Zeit so viel allein gelassen habe. Rebecca antwortete, dass dies nicht der Grund sei. Doch die Liebe gegenüber Frederik hätte sie Lorenzo noch weniger begreiflich machen können. Ihr Vorsatz, ihm dies zu verschweigen, erhärtete sich somit noch mehr. Es überraschte sie anschließend die Tatsache, dass er nicht danach fragte, ob sie einen anderen hätte. In diesem Moment wurde Rebecca bewusst, dass Lorenzo bis zu diesem Zeitpunkt von ihrem Versteckspiel um Frederik nichts bemerkt hatte. Sie konnte es nicht glauben. Er stellte keine Fragen.

Dann startete sie ihren Wagen und sie fuhren den noch verbleibenden Teil der Strecke schweigend zurück. Rebecca nutzte den Zeitpunkt zu ergründen, ab wann ihre Liebe Lorenzo gegenüber auseinander zu laufen begann. Sie wusste keine Antwort. Doch es war schon lange bevor sie Frederik über den Weg lief. Diese Wahrheit musste sie sich eingestehen.

Als sie zu Hause ankamen, ging Lorenzo auf die Terrasse, ließ sich in den Rattansessel fallen und wünschte nicht gestört zu werden. Rebecca respektierte seine Entscheidung und ließ ihn allein. Sie hingegen ging in das Schlafzimmer und ließ sich erleichtert auf das Doppelbett fallen.

Doch im bisher gemeinsamen Schlafzimmer kam ihr ein bizarrer Gedanke. Sie fragte sich unerwartet, wie es wohl sein würde, wenn sie ab jetzt alleine im Appartement wohnen würde. Was für ein Unterschied wäre das schon? Sie war doch bereits jetzt meistens allein. Außerdem hatte sie sich bisher um sämtlichen Schreibkram gekümmert, erledigte die ganze Hausarbeit, kochte und putzte, hegte und umsorgte. Rebecca schüttelte den Kopf. Sie konnte Lorenzo ja verstehen, er musste sich fühlen, als ob sie ihm aus dem Hinterhalt überfallen hätte. Auch wenn sie sich nicht in Frederik verliebt hatte, um ihn zu verletzen. Es war einfach passiert. Ihre Absicht war gut. Vielleicht war ihr langes Schweigen falsch, schlecht, vielleicht war es feige – doch jetzt war es zu spät ...

Lorenzo kam in das Schlafzimmer, packte wortlos das Nötigste zusammen und entgegnete, den Rest zu einem späteren Zeitpunkt zu holen. Er würde in den nächsten Tagen bei einem Freund unterkommen. Rebecca nickte leise.

Nun war es wohl soweit: Sie hatte offiziell keinen Partner mehr. Doch das störte sie nicht weiter. Es wurde Zeit, ihre Identität weder über ihre Liebesbeziehung noch über ihren Beruf zu definieren. Sie fühlte sich zwar, als wäre ein Stück von ihr einfach abgerissen worden und hatte eine blutende Wunde hinterlassen – ungeachtet dessen, wie freudlos sie in letzter Zeit mit Lorenzo gewesen war. Ohne ihn würde es zwar anfangs auch nicht gerade leicht sein. Es war eine neue Erfahrung. Sie hatte diese Wohnung gemeinsam mit Lorenzo bezogen. Möglicherweise wäre es einfacher gewesen, Lorenzo auch in Zukunft die glückliche Partnerin vorzuspielen, doch das konnte Rebecca nicht mehr, sie würde innerlich verdorren. Tief in ihrem Inneren wusste Rebecca, dass es so das Beste für beide war, auch wenn sie sich eingestehen musste, dass sie momentan einfach nur ein wenig Angst hatte.

Trotzdem hatte sie endlich etwas getan, weil sie selbst es wollte und nicht, weil es gut für jemand anderen war oder von ihr erwartet wurde.

Nachdem er gegangen war, überfielen Rebecca widersprüchliche Gefühle. Sie hätte laut losheulen können und andererseits hätte sie vor Freude beinah gejauchzt. Doch Rebecca verspürte zum ersten Mal seit Jahren wieder eine gewisse Unabhängigkeit, und das Gefühl von Freiheit begann ihr allmählich zu schmecken.

18

Es war ein heißer Augusttag. Rebecca und Frederik hatten sich für nachmittags verabredet. Rebeccas Augen waren vor Aufregung ganz groß. Sie konnte es kaum abwarten, Frederik wieder zu sehen. Für Frederik war es nicht einfach, die Verabredung einzuhalten, da er sich frei nehmen musste. Doch er brannte nach ihr. Frederik hatte ihr versprochen, sich so zeitig wie möglich zu melden, falls es klappen sollte. Rebecca hatte sich für eine Woche beurlauben lassen. Als sie schon ganz zappelig und nervös in ihrer Wohnung ihre letzte Errungenschaft begutachtete, ertönte ihr Handy. Sie hatte sich endlich durchgerungen, eines zu kaufen. Frederik besaß schon länger eines. Nun war es für beide angenehmer und leichter sich gegenseitig zu erreichen. Rebecca konnte ihm eine SMS schicken und er hatte die Möglichkeit, sich auch außerhalb ihrer Arbeitszeiten zu melden.

Rebecca hatte letzten Sonntagvormittag auf dem Flohmarkt an der »Porta Portese« eine alte, restaurierungsbedürftige Holztruhe erstanden. Sie liebte es, alte Holzmöbel zu restaurieren, egal wie alt und marode sie waren. Sie war gerade dabei die Materialien aufzuschreiben, die sie benötigte, um die alte Truhe, wieder im alten Glanz erstrahlen zu lassen. Sie lächelte bei dem Gedanken. Sie hatte für das edle Stück bereits einen Platz in ihrer Wohnung reserviert. Sie drückte die Annahmetaste und Frederik bestätigte die Verabredung. Rebecca war hocherfreut. Sie hatten sich fast zwei Monate nicht mehr gesehen. Sie fühlte sich so beflügelt, so lebendig, ging zum Kleiderschrank und wühlte in ihren Klamotten. Was sollte sie anziehen? Sie entschied sich für eine weiße elegante Nadelstreifenhose und ein hellblaues enganliegendes T-Shirt, welches ihr tadelloses Dekolleté unterstrich. Dazu blaue elegante Schuhe. Sie ging ins Bad, duschte sich, zog sich an und verließ ihre Wohnung.

Rebecca hatte ein wenig Mühe das Auto ruhig zu halten, so aufgeregt war sie, Frederik nach so langer Zeit wieder zu begegnen. Sie trafen sich dort, wo sie sich immer trafen. Am selben Parkplatz in Tiburtina, ganz in der Nähe des Zugbahnhofes. Frederik war schon da. Sie stieg in sein Auto und er fuhr los.

Rebecca strahlte auf Frederik eine bestimmte Weichheit und unbewusste Sinnlichkeit aus, verbunden mit einem scharfen Verstand und verschmitztem Humor. Ihre starke Persönlichkeit einerseits und ihre Milde andererseits, genau diese Gegensätze zogen ihn an. Er konnte sie immer noch nicht einschätzen und diese Neugierde trieb ihn.

Sie entschieden in die Hügellandschaft Roms, in die »Campagna Romana«, zu fahren, um einen kleinen Spaziergang zu machen. In der Stadt war es schwül und heiß, für Normalsterbliche unerträglich. In der Campagna würden sie zwar auch hochsommerliche Temperaturen erwarten, aber dort würden sie wenigstens atmen können. Am Ziel angekommen, stiegen sie aus und gingen los. Irgendwann, mitten auf der Lichtung, stand ein großer Olivenbaum. Dieser war größer und voluminöser als die anderen. Sie gingen weiter, Hand in Hand. Rebecca trug zwar nicht die richtigen Schuhe, um durch diesen Olivenhain zu gehen, doch sie schlug sich tapfer. Dann kamen sie an eine abgeschiedene Stelle, wo sie ungestört waren und setzten sich hin. Es fühlte sich gut an, einfach nur da zu sein, an einem Ort, wo nur sie waren, und das mit einem vertrauten Menschen. Es war immer dieselbe Magie, die wieder von ihr Besitz ergriff. Sie lächelten sich an, wobei sich ihre Lippen langsam immer näher kamen, bis ihr Lächeln in einen rauschhaften Kuss ausuferte, in dem die stille Weite der Landschaft sie zärtlich umfing. Sie zogen sich aus, und Rebecca begann Frederik zu streicheln und zu liebkosen. Er hatte einen schönen Körper, der sich nach ihr verzehrte. Er spürte ihre Berührungen und nahm ihre voluminösen Brüste in die Hände. Rebecca fuhr fort, ihn zu küssen, erst auf den Mund, dann arbeitete sie sich geschickt nach unten. Es existierten keine Tabus. Dieser Moment war mit nichts zu vergleichen. Die Natur war ihre einzige Verbündete und Zeugin. Niemand störte ihr inniges Zusammensein. Es war, als hätte die Natur sich entschlossen, ihr Glück unter Denkmal zu stellen. Rebecca schloss vor Freude die Augen und dachte an die Schöpfung. An die Evolution. Die Natur war die Einzige, die nicht richtete und die Menschen annahm, wie sie waren, mit oder ohne Fehler. Die für alle da war. Egal, ob der Mensch sie sah und bewunderte. Die Natur liebte jeden Menschen, auch den, der ihr keine Gegenliebe entgegenbrachte. Sie liebte der Liebe wegen.

Lange Zeit sprach keiner von ihnen ein Wort, bis Frederik schließlich mit vor Leidenschaft heiserer Stimme flüsterte:« Ich habe dich lieb, Rebecca.« Diese Worte vernahm sie zum ersten Mal aus

84

seinem Mund. Sie hatte nicht damit gerechnet, dass Derartiges geschehen würde, dass er diese Worte über seine Lippen bringen würde, bis zu diesem Zeitpunkt hatte er es ihr noch nie so direkt gesagt. Worte waren für sie nicht mehr wichtig und während sie ihn ansah, wurde ihr klar, dass sie diesen Augenblick niemals vergessen würde. Ihr ganzes Leben lang nicht. Er hatte etwas gesagt, das sie noch lange beschäftigen würde, etwas, das sie wirklich niemals vergessen würde. Auch wenn für Rebecca das geschriebene und gesagte Wort nicht mehr so wichtig waren. Die Wirklichkeit, das Fühlen war ihr wichtiger. Sie musste es mit offenen Sinnen spüren. Daran glaubte sie. Daran war ihr gelegen. Geschriebene und gesagte Wörter sind manchmal nicht mehr als sie sind: geschrieben und gesagt und nicht fühlbar erlebt.

Doch in Rebeccas Ohren klangen immer noch seine Worte. Sie verspürte genau dieselben Emotionen wie Frederik und sagte ihm das auch. »Schön«, erwiderte er sanft, legte den Arm um ihre Schultern und drückte sie an sich.

Nun herrschte eine angenehme Temperatur, um die zwanzig Grad – eine Wohltat nach dem langen schwülen Tag, und es war Zeit wieder zurückzufahren. In Tiburtina stiegen sie aus und umarmten sich. Rebecca fiel es schwer, sich aus seiner Abschiedsumarmung zu lösen, ihn in sein Auto steigen und davonfahren zu sehen. Doch die anfängliche Traurigkeit fiel auf dem Heimweg bald von ihr ab. Sie war glücklich. Es war wunderbar, so zu lieben. Wunderbar, so zu leben.

19

In der Piazza Navona kam Rebecca eine Menschentraube entgegen, der Großteil von ihnen waren Touristen. Rebecca erkannte das an den an ihren Bäuchen baumelnden Fotoapparaten und Videokameras. Neben den zahlreichen Souvenir- und Luftballonverkäufern und den drei Brunnenanlagen sorgten sie für ein stimmungsvolles Ambiente. Ein wenig erschreckte sie, dass die meisten dieser Menschen einen ratlosen Ausdruck hatten, so als wäre das Leben mehr Pflicht als Recht oder mehr Last als Lust. Rebeccas Augen sahen klarer denn je. Frederik hatte eine Tür ihrer Empfindung geöffnet, durch die sie unerwartet in das Innere der Herbeiziehenden sehen konnte. Es war atemberaubend und tragisch zugleich, denn sie bemerkte viel emotionale Verarmung, viel verdeckte Furcht, Beklommenheit und Enttäuschung.

Doch sie sah auch ein paar entspannte und lächelnde Gesichter. Zu ihnen gehörten vor allem Kinder. Ein kleiner Bub strahlte sie sogar mit einem goldigen Lächeln an. Rebecca schmunzelte zurück.

Doch die Menge der ausdruckslosen Gesichter bekräftigten Rebeccas Wahrnehmung, dass die Gesellschaft in erster Linie gefühllos war. Vielleicht bemerkte sie dies umso klarer, weil sie voller Liebe war. Die Mimik der meisten Passanten und Touristen war meilenweit von der Liebe entfernt. Sie versuchten Lebensfreude im Erwerben käuflicher Staubfänger in den verschiedenen Souvenirläden zu finden, als wollten sie die Gegebenheit verdrängen, dass Glück nur im Erleben nichtkäuflicher Werte möglich war.

Wachsender Hunger führte sie in eine römische Trattoria, wo sie draußen zur Piazza Navona hin Platz nahm, und bei einem freundlichen italienischen Kellner ein typisch römisches Menü bestellte: Spaghetti alla Carbonara und Saltimbocca alla Romana. Dazu eine große Flasche Mineralwasser. Die herbstlichen Sonnenstrahlen fielen wärmend auf ihr Gesicht. Während sie in dem angenehmen Ambiente des Restaurants auf die Vorspeise wartete, schloss sie die Augen und dachte mit allem Herzblut an Frederik. Es war nun eine Woche her, dass sie in der Campagna Romana waren und seitdem hatte sie nichts mehr von ihm gehört. Dies änderte aber nichts daran, dass sie ihn immer noch vor sich sah. Seine Anwesenheit, sein Strahlen, sein Blick und seine zärtliche

Stimme hallten in ihrem Bewusstsein nach. Sie nahm noch immer eindringlich seinen Duft wahr. Diesen Geruch, der die intensive Frische von Bergamotte mit Jasmin und Patschuli verband. Der Duft erinnerte sie an die Brise vom Meer, die harmonisch von Wasser, Blume und Frucht abgerundet wurde: Sie musste an den Platz am Strand denken, an welchem sie sich so oft zurückzog. Rebecca konnte ein leises Lächeln nicht unterdrücken und fühlte sich beobachtet.

Just spürte sie wieder diese Lebenslust, diese Energie, die grenzenlos schien. Frederik hatte eine faszinierende Ausstrahlung auf sie, immer noch und immer wieder. Ihr Denken wurde kreativ. Sie hatte viele Ideen, und alles war so leicht, auch jenes, was ihr manchmal schwer erschien. Worte vermochten ihre Empfindungen nur schwer auszudrücken. Das Leben war ständig im Wandel, sie stieg niemals wieder in den gleichen Fluss. Herzensdinge waren mit dem Verstand, mit Worten nicht erklärbar. Sie verspürte den plötzlichen Wunsch, seinen Panzer so bald als möglich wieder aufbrechen zu dürfen, dass der empfindsame Körper, den sie in ihm wusste, ihr ausgeliefert war. Ihr Leib brannte nach ihm, er möchte sich mit ihm vereinen. Alles war stärker als jegliche Moral. Er hatte sie wie ein Vulkanausbruch durchflutet, und sie fühlte sich hellwach und gut. Das, was er ihr freiwillig schenkte, genoss sie in vollen Zügen. Sie konnte nicht anders, kann es auch in Zukunft nicht. Wer weiß? Beide konnten nicht anders. Die Tatsache, dass er verheiratet war, klammerten sie einfach aus. Das war im Grunde nicht ihr Thema und würde es auch nie sein. Das wurde nur hin und wieder als Nebenschauplatz erwähnt. Darum möchte sie auch nicht, dass er sich für sie scheiden ließ. Liebe war für Rebecca das eine, und die Probleme des Alltags der Beziehung waren das andere. Aus diesem Grund konnte sie lieben, ohne eine Beziehung zu leben. Sie wusste, man konnte herrlich und mit Vehemenz eine Beziehung leben, ohne sich zu lieben. Da fielen ihr ihre Zeit mit Lorenzo und viele Ehen und Partnerschaften in ihrem Bekanntenkreis ein. Es gab wirklich wenige, wo es um Liebe ging. Bei den meisten ging es darum, das Leben für beide Parteien ein wenig zu erleichtern.

Das Leben war bisher gut zu Rebecca und Frederik gewesen, auch wenn es nicht so verlaufen war, wie sie es sich in ihren frühen Jahren vorgestellt hatte. Sie träumte damals, wie jedes Mädchen, von einer Märchenhochzeit in Weiß. In ihrem jetzigen Leben spielten die Träume, die sie einmal gehabt hatte, keine Rolle mehr. Die Umrisse der Wirklichkeit verwischten sich. Ihre Liebe überwand alle Barrieren der Tradition. Sie erinnerte sich lächelnd genau an damals, als er sie angesprochen hatte. An damals, an diesen grauen, trostlosen Novembertag; es musste Mitte November gewesen sein. Es war ein Dienstag, daran erinnerte sie sich noch genau. Damals wussten beide noch nicht, dass es ihr Leben auf schicksalhafte Weise verändern würde. Dass sie alles, was sie bisher gelernt hatten, über Bord werfen würden. Dass mit nichts mehr die weitere Entwicklung aufzuhalten war. Dass alles, was sie über das Leben, über die Liebe gelernt hatten, seine Gültigkeit verlieren würde: jegliche Moral, jegliche Einstellung, die Erziehung, selbstverständlich auch das Tugendprinzip der Treue. Der Verstand hatte in ihren Gefühldingen nichts zu suchen, im Gegenteil, er hätte sich schädlich ausgewirkt. Das Gesetz der Liebe ging seine eigenen Wege. Ohne Umschweife. Sie triumphierte letztlich, ließ alles andere zurück. Rebecca wusste, dass diese Wirklichkeit vielen Menschen nicht schmecken würde. Sie dachte gezielt an die so genannten Moralapostel mit erhobenem Zeigefinger, welche Menschen, die sich zum Beispiel scheiden ließen, das Gefühl gaben, versagt zu haben. Eine Scheidung war immer ein Kraftakt, auch ohne Schuldgefühle. Aber niemand hatte ihnen gesagt, dass das nicht ihre Schuld wäre. Das Leben scherte sich nicht darum. Und das war gut so. Niemand hatte ihnen gesagt, auch zu Rebecca nicht, dass die Ehe nichts mit Liebe zu tun haben müsste, dass es sich dabei um eine andere Dimension handelte. Sie musste den schmerzlichen Prozess zurück zum eigenen Ich alleine gehen. Sie ging ihn und es war der einzig richtige. Die Liebe folgte ihren eigenen Gesetzen, über die sich Rebecca nicht erheben wollte, sie wusste, dass sie letztlich keine Macht über sie haben würde. Warum war Liebe so? Sie fand keine Antwort. Es war für sie nicht erklärbar. Ein Phänomen. Rebecca konnte sie annehmen, allen Moralregeln zum Trotz oder ablehnen. Eines blieb: Sie war ein Geschenk an das Leben. Keine Selbstverständlichkeit.

Frederik hatte Rebeccas positive Eigenschaften verschärft, ihre Wahrnehmung vertieft. Er hatte ihr in den letzten Jahren, trotz der begrenzten gemeinsamen Stunden, soviel gegeben, dass sie sich nie anmaßen würde, von ihm enttäuscht zu sein. Egal wie und ob das mit ihnen weitergeht. Sie hatten nur eine Chance. Füreinander offen bleiben, sensitiv bleiben, in der Gegenwart leben. Sollte diese ihre intensive Liebe nicht ewig dauern, auch kein Problem. Sie wissen nicht was das Leben noch alles für sie bereithält. Diese Liebe war für sie, was es war. Rebecca war dankbar, dass sie diese Liebe erleben durfte. Energie pulsierte, sie hatte sie aufgeweckt, mit aller Kraft aus ihrer Lethargie herausgerissen. Sensitiv gemacht. Sie hatte in dieser manchmal tristen, kapitalistischen Welt ein Strahlen auf ihr Gesicht gezaubert. Die Begegnung mit Frederik war Ruhepause und ruhender Pol in dieser Gesellschaft voller Stress. Rebecca würde dieses Geschenk der Aufmerksamkeit, Sensitivität und Achtung weiterhin Tag für Tag, Woche für Woche, Monat für Monat annehmen und keine Forderungen an sie stellen, an diese zarte Blume. So lange sie eben blühte. Sie war nicht auf Ewigkeit aus. Die Freiheit, ihr Leben in der Gegenwart immer neu erfinden zu dürfen, hatte gesiegt. Rebecca sah klarer denn je, sie hatte zum Paradies im Leben gefunden. Doch manchmal war sie ein wenig traurig darüber, weil dies nur sehr wenigen Menschen vergönnt war.

Der Kellner unterbrach ihre Tagträumerei. Er brachte das Mineralwasser und die Vorspeise ...